너 참 잘 살고 있구나

소통과 힐링의 시 28

너 참 잘 살고 있구나

김신덕 시집

소통과 힐링의 시28
너 참 잘 살고 있구나

초판 인쇄 2022년 12월 5일
초판 발행 2022년 12월 7일

지은이/ 김신덕

펴낸곳 출판이안
펴낸이/ 이인환
등 록/ 2010년 제2010-4호
편 집/ 이도경 이정민
주 소/ 경기도 이천시 호법면 단천리 414-6
전 화/ 010-2538-8468
인 쇄/ (주)아르텍
이메일/ yakyeo@hanmail.net

ISBN : 979-11-979987-9-9(03810)
가격 11,500원

서시

앞마당에 백일홍도 코스모스도 채송화도 올렸다
내 아부지를
내 자녀를 동생과 남편을 시 안에 담았다
울 엄니 얘기를 몽창 담았다

우리집에 꽃이 활짝 피었다

1부   사랑이 시작될 때
상대도 행복한 것

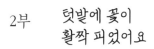

2부 텃밭에 꽃이
활짝 피었어요

3부 그때 그 여름밤이 놀러왔다

4부 봄은 이렇게
꽃비와 함께

5부   주님 주신 가정
작은 천국일세

1부

사랑이 시작될 때
상대도 행복한 것

시계

너는 내 생의 기찻길
바싹 붙어 한 곳을 바라보며
나란히 가는 길

비 내리고 바람 불어도
꿈적하지 않고 앞만 보고
달려가고 있구나
네 덕분에

평생을 들어도
질리지 않는 소리
척척
네 손 잡고
발 맞추는 소리

사랑은 주는 거래요

사랑은 자신을 사랑한다고
말할 수 있어야 하는 것
사랑이 시작될 때
나와 함께 하는
상대도 행복한 것

사랑도 있어야 주는 것
사랑은 먼저
나 자신을
사랑하는 것
나를 채워야 하는 것

사랑은 사랑해야 주는 것
나를 위해서 주는 것
그리하여
사랑은 줄 때
가장 행복한 것

봄을 기다리는 마음

봄이 오면 밭에 나가 냉이 캐고 싶다
추운 겨울 이기고 나온 건강한 냉이
얼굴 탈라 스카프로 햇빛을 가리고
봄처녀 노래 룰랄라
카카오에게 봄노래 부탁해야지

카카오야,
요한슈트라우스의 봄의 왈츠 틀어줘
쿵작작 쿵작작
카카오야, 비발디의 사계 중 봄노래 틀어줘
예쁜 내 목소리 듣고 얼마나
멋지고 경쾌한 음악을 들려주는지

봄이 오면 통 유리로 된
넓은 창가에 앉아
소중한 님들과 어깨 바짝 붙이고 앉아
도란도란
이야기꽃 피우고프다

봄눈

하늘하늘 머리 위로
나풀나풀 춤을 추며
사뿐사뿐 내려와서
소복소복 쌓였구나

우리집 강아지 두 마리
흥이 나서 고개 들어
앞발 올려 박수 치며
신이 나서 노래한다

딸이 곡을 부쳐주었다
입안에서 흥얼흥얼
나도 신났다 봄봄
나풀나풀 실룩실룩

잔설

마당 라일락나무 아래
손바닥만한
잔설이 남아 있다

그 나무 아래로
초록의 푸른 생명이
세상에 이사 나오려
준비하느라 바쁘겠구나

머지않아 맘껏 뽐내며
신이 날
너의 세상이
올 거야

봄바람

봄바람 부니
꽃잎이 기지개 펴네
화알짝 놀라네

봄바람 부니
꽃잎이 지네
열매가 맺히네

봄바람 부니
희망이 움트네
더엉실 춤추네

단비가 왔다

흥들이 났다
우리집 마당에서

맨 앞마당에
양귀비가
쏘옥 인사한다

마당 중간에
산수유나무
아가처럼 환한 웃음을 터트린다

가지 쳐준 복숭아나무
분홍색 보여줄까 말까
수줍게 속살 비치고 있다

라일락나무
진한 향기 피어올리려
부지런을 떨고 있다

벗나무 아래 잠들어 계신
울아버지
언제 딸에게 놀러 올까
준비 중이다

전원생활

아파트 생활 접고
전원생활 시작했다

강아지 두 마리 분양 받았다
아침에 일어나 여보가
하는 일 중 첫째가 삽 들고
개똥 치우고 개 밥 주는 일이다
참 행복해 보인다

우리 둘은 아침에 출근해서
저녁에 들어온다

우리 집 전원생활은
하루 종일
강아지 두 마리가
하고 있다

모과차를 담그며

한여름 뙤약볕을 견디며
노랗게 익은 모과
높은 나무에 위태롭게 걸려 있다

손이 닿지 않아 어쩌지 못하는데
땅바닥에 정신줄을 놓았다
어쩌면 좋아
너를 업고 집에 왔다

달콤한 설탕과 함께
한 병 가득
차로 만들어 놓았다

이 겨울
정다운 이웃들과
함께 사랑을 나누려고

장마비

장마비가 쏟아진다
주루룩
주루룩
이 세찬 비와 함께
나의 욕심도
나의 미워하는 마음도
다
씻어졌으면
좋으련만

그 시절 이야기

장에 다녀오신 엄마 손에
번데기 한 되박
몸보신 영양제였지

정육점을 다녀오신 엄마손에
소간이 들려 있네
최고의 눈 영양제

어쩌다 눈이 번쩍
뻥튀기 한 봉지
하늘을 날 듯한 기쁨이었지

솔향기마을1

반쯤 열려진 창문 사이로
종알종알 새들이 노래하며
곤히 자는 나를 깨우네

주인님! 일어나세요
너희들 참 부지런도 하구나!
내가 날마다 고마워하는 거 알지?

솔향기마을2

뻐꾹뻐꾹 뻐억국
따다다다 따악닥
딱다구리
아침부터 분주한
솔향기마을

개굴개굴 개애굴
맹꽁맹꽁 매앵꽁
나폴나폴 사뿐사뿐
붕붕 왕왕 부웅붕
벌 나비
꽃들의 향연

하하 호호 까르륵
울엄마도 내 사위도
삼대가 모여 하하 호호
솔향기마을에
행복이 익어간다

채송화가 활짝 피었습니다

우리집 마당에
여름이면 활짝 미소 짓는 꽃
키는 작아도 화단 맨 앞자리에
당당하게 자리 잡았네
빨강 노랑 하양 분홍
누가 누가 더 예쁜가
뽐내기를 하네

벌 나비들 덩달아
군무를 이루네
바람 타고 살랑살랑
춤을 추면서
작지만 당당하게
밝게 여유를 가지고
살아가라 속삭이네

8월의 끝자락

자글자글 끓던 열기가
처서가 오니 놀라 도망을 갔다

앞마당에 무씨를 뿌리고
돌산갓씨를 뿌렸다

그 뜨거운 작렬함이
없었다면 어땠을까?

빨갛게 익어가는
고추는 볼 수 없었겠지?

마당가 고추잠자리
나래짓 볼 수 없었겠지?

그 낙엽처럼

그 잎새가 떨어질 때
내 안에 있는
욕심도
교만도
미움도
함께 떨어지면
좋으련만

그 낙엽이 썩어
새로 움돋을 때
사랑도
섬김도
오래 참음도
함께 움텄으면
좋으련만

어쩌다 보니 계란 두 판

내가 어쩌다 61이 되다니
34년 결혼생활 참 잘 살아 왔구나
기술 좋은 남편 만나 악기점 삼십 년
남들은 내가 남편을 이기고 산다고 하지만
그건 모르시는 말씀
큰 소리 나기 전에 내가 꼬리를 내리니까 그렇지

나는 딸을 셋이나 낳았다
엄마가 쎈지 세 딸들 혈액형이 모두 0형이다
털털한 성격 사람을 좋아하는
난 큰 욕심 없이 살아가고 있다

가을햇볕이 참 좋다
맵지 않은 고추 지인에게 얻어와
엄마는 자르고 나는 찹쌀가루 묻혀 한 김에 쪘다
손으로 하나하나 펴서 햇살에 일광욕 시켰다
가을 햇볕에 해바라기도 바짝 말린다
기름 만들어 마른 고추부각 튀겨야지

작은 텃밭에는 무가 한 뼘이나 자랐다
곧 올 추석에 빨간 물고추 갈아서
연한 물김치 맛있게 익혀야지

어쩌다보니 계란 두 판
이만하면 난 행복한 거야
잘 살고 있어
토닥토닥 수고했다
내가 나를 응원한다

유산균이 톡톡

쏙쏙 쏘옥 쏙쏙
텃밭농부 알타리 백 개 뽑았다
잔털 손질 삭삭삭
과도소리 참 정겹다
가지런히 올백으로 머리 빗겨
차곡차곡 통 안으로
직행버스

마당 좋은 자리 김치 항아리
눈비 맞지 않도록 지붕 씌운다
추운 겨울 수제비 납작납작
뜨거운 김이 모락모락
고구마 위에 살얼음 총각김치
척!
입안에 유산균이
톡톡

얼음장 위에서도 밑에서도

찬바람에 옷깃을 추켜 세운다
마당의 감나무 짚으로 옷을 입혔다
온 들녘 추위로 바짝 오므라 들었다
집앞 저수지 꽁꽁 얼었다
강추위에도 낚시꾼들 몰려온다
콩콩 얼음 구멍 내고 자리를 잡았다

우리 가족들도 얼음장 위로 몰려왔다
맥가이버 뚝딱뚝딱 썰매를 만들었다
썰매에 앉아 밀어 주고 당겨 주고
누가 멀리 가나 경주도 한다
어디서도 맛볼 수 없는
행복 추억 웃음 기쁨
육십 넘은 이들과 젊은이들
어우렁더우렁 이게 행복이지
함께 나온 강아지 어쩔 줄 모르고

저수지 가장자리
버들강아지 머지않아
꽃봉오리 터트리려고
부풀부풀 준비운동 하고 있다
차디찬 얼음장 위에서도 밑에서도
희망은 오고 있다

카랑코애 앤 비덴스

벌써 봄이 왔나 보다
화원에 들렀다 룰랄라
노란 색 꽃들이 눈에 확
들어온다

어쩜 이리 예쁜 거야
화사한 빛깔의 노란 색에
풍덩 빠져 버렸다

얘! 이름이 뭐니
난 카랑코애예요
난 비덴스예요
우리 집에 얼릉 같이 가자
한 포트씩 집어 들었다
한 포트에 삼천 원
어쩜 가격도 정말 착하네

카랑코애 꽃말 설레임
비덴스 꽃말 황금의 여신
아침에 눈을 뜨면 나를 설레게 하고
저녁에 코로나로 매출이 적어
어깨가 무거울 때면
환하게 웃어주는 너희들

언제부턴가
노란 색이 좋아지는 걸 보니
동심이 다시 오나 보네

느림의 미학

가을 여행 떠났는데 느림을 만났다
안개가 자욱한 사이로 햇살이 인사한다
안녕?
높은 산의 운무가 너무나 황홀하다
멍 한번 때려보자
바람소리에 귀기울여 보자

멋지게 병풍을 친 바위
파란 바다와
바람 따라 춤을 추는
억새들
바람이 내 고막을 청소해 주는구나

너무 바쁘게 살지 마
오늘만큼은 느릿느릿
연습 한번 해 보자
바다 멍 한번 때려 보자

코스모스 피어 있는 길

가을이 내게로 온다
소녀가 내게로 오고 있다

봇둑 길에 우리가 심은 코스모스
학교 가는 길가에 양쪽 정열하고
우리를 응원한다
재잘재잘 우리에게
이 가을 정말 잘 놀라고

소녀가 한발한발 내게로 온다
맑고 고운 그 시절이 내게로 온다

나에게 시간이 있다면

먼저 성지순례를 해보고 싶다
성경에서 읽고 들었던 곳
제주도 오름도 가보고 싶고
여수밤바다도 오동도의 빨간 동백도
보고 싶다

친구들 만나면 그 대화에도
함께 끼어 얘기하고 싶다
산나물 뜯으러 가고 싶고
친구들과 도란도란
이야기꽃 피우는 여행이
가고 싶다

아, 생각만으로도
이렇게 행복한 것을

2부

텃밭에 꽃이
활짝 피었어요

더 늦기 전에

엄마,
내가 엄마 사랑해
엄마도 나 사랑하지?

그래
그뿐 쑥스러운 듯
나를 빤히 바라보신다

그럼 말로 해 보세요
얼릉 말해 보세요
더 늦기 전에 사랑한다고

매일 숙제를 하듯이
엄마 사랑해

그래,
나도 사랑한다

봄 자매

동생과 함께
추억 들고 봄바람 끼고
냉이 캐러 나왔다
언 땅 위 힘차게 뚫고
나온 봄 찾는 손이 바쁘다
우리 자매 호호하하
무어 그리 신이 날까

엄마와 함께
봄을 다듬느라 신이 났다
끓는 물에 데쳐서 무쳐 먹자
된장 풀어 보글보글
봄 향기 피어올리고
부침가루 넣어 냉이 부침개
오늘 저녁 냉이가 천국이네

쑥버무리

봄 햇빛이 얼마나 따가운지
해가 조금 기울었을 때
엄마 모시고 마당의자에 앉혔다
마당 가장자리 쑥을 뜯었다
톡톡톡 손톱으로 한 바구니 가득하다
엄마, 쑥으로 뭐해 먹을까요
쑥부침개 구울까요?
쑥버무리 해 먹자구나

깨끗이 씻어 물기 있을 때
찹쌀가루 넣고 당원 넣고
고운 소금 넣고 조물조물 섞는다
끓는 물에 숭숭이 얹고 베보자기 깔고
버무리한 쑥 올린다
한 김 오르니
쑥향이 솔솔 올라온다

얘, 오랜만에 먹으니 맛있다
옛날에 엄마가 해주시던 쑥버무리
엄마가 맛있다
잘 드시니 덩달아
기분이
좋다

쇠절구 울엄마 따라 왔다

울엄마 집에는 쇠절구가 있었다
인절미 좋아하는 인호 씨 온다고
엄마는 찹쌀 불려 콩콩콩 빻으셨다
찬물 한 그릇 떠 놓고 절구공이에 달라붙으면
한 번씩 담그며 서로 돌아가며 찧었다
쟁반에 콩가루 두껍게 펴고
그 위에 쌀을 얹고 또 콩가루 올리고
떡 좋아하는 울신랑 어느새 한 접시 뚝딱이었다
그 쇠절구 울엄마 따라 왔다

옛날 엄마가 만들어 주던 인절미 생각이 난다
쑥 뜯으러 가서 쭈그리고 앉아 시간 가는 줄 모른다
조개 넣어 쑥국 끓인다
꽃향기보다 더 진한 쑥향이 그윽하다
저번에는 쑥버무리 했으니 오늘은 쑥전을 만들어 보자
쑥을 잘게 자른다 반죽에 섞어 부친다
이번에는 내가 젤 좋아하는 쑥개떡 만들어볼까
익반죽하여 탁구공 크기로 손바닥으로 돌돌 돌리다가
네 손가락으로 살짝 누른다

엄마와 인호 씨 나 셋이 한 상에 앉았다
우리집 밥상은 언제나 떡이 올라온다
쑥전 올리고 쑥개떡 올리고 젓가락들 신이 났다
우리집 밥상에 봄이 놀러왔다

텃밭에 꽃이 활짝 피었어요

엄마 엄마가
제일 좋아하는 참외 드세요
밭에 참외 다섯 개 심어라
여름내 따 먹을 수 있으니

엄마 잘 익은 토마토 드세요
밭에 토마토 다섯 개 심어라
실컷 따 먹을 수 있다

엄마 달고 맛난 수박 드세요
밭에 수박 심어라 다섯 개
여름내 배 터져라 먹을 수 있다

참외는 순을 다섯 마디 남기고 따주어야 하고
수박은 서너 마디 남기고 따 주어야
옆에서 계속 잘 달리는 거다
토마토는 곁순을 계속 잘라 주어야 한다

엄마가 순을 잘라 주셔야 해요
그래야 실컷 먹죠
난 입으로는 말해도 이제는
그거 잘라 줄 힘이 없다

욕심을 내려놓고 따주고 따주시다
힘까지 내려놓으신 어머니
그 삶의 지혜를 조곤조곤 물려주신다

참외 수박 토마토 모종 사서 심었다
올여름 배운 대로 실컷 먹을 수 있겠지
엄마가 제일 좋아하는 참외 드세요
텃밭에 노란 꽃들이
활짝 피었습니다

노인유치원

96세 울엄마 유치원 갈 차비를 한다
머리 빗고 로션 바르고
손수건 챙기고
손수레 끌고 집을 나선다

손뼉 치고 노래하고
그림 그리고 퍼즐 맞추고
점심 먹고 간식 먹고

울엄마가 큰 언니란다
그래도 제일 영리하시단다
오각형은 울엄마만 그렸단다

울엄마 왕언니 노릇은
잘 하고 계시는 걸까

김장

엄마, 오늘 김장해요
배추 이십 개 무 몇 개 썰어야 할까?
글쎄다
젓국은 무슨 젓국 얼마나 넣을까?
글쎄다
나는 다 잊어 먹었다
쪽파나 까고 마늘이나 깔란다
니가 맛있게 해라

쪼그리고 앉았다 섰다
허리가 고생한다

옛날 우리집 김장
마당에 배추 무 가득 했다
절이고 뒤집고 찬물에 씻고
엄마는 그 많은
김장을 어떻게 했을까?

아버지와 여름

학교를 마치고 논두렁길로
집에 오다가 소나기를 만났다

쫄딱 젖은 탓에 한기가 돌아
자고 있는데
"학교 가야지, 늦었다."
아버지 말씀에 놀라서
가방 들고 뛰어서
한참을 가는데

"너 어디 가니?"
"학교요!"
"너 낮잠 잤구나!"
친구 엄마의 재미스런 웃음

집으로 돌아온 내게
"학교 잘 다녀왔니?"
얄미운 아버지
추억이 새록새록 흘러내린다

장미꽃 향기를 바람에 날리는 내 동생

세상에 하나뿐인 내 동생
다섯 살 어린 내 동생
나보다 조금 더 예쁜 내 동생

섬기는 손이 나보다 큰 내 동생
베푸는 손도 나보다 큰 내 동생
양가 부모에게 효도하고
시부모님에게 최고라 인정받고
두 아들에게 본이 되며
남편을 존중해 주며
우리집 세 딸이 제일 좋아하는
늘 기도의 무릎을 꿇는 내 동생

오월에 태어나
아름다운 장미꽃 향기를
바람에 날리며
살아가는 내 동생

서울 이모

명절이 되면 온 동네 시끌시끌
옆집 수미네 서울 사는 이모가
예쁜 옷 신발 가방 사줬다는 자랑은
늘 우리를 초라하게 만들었지

하나뿐인 동생은 그때부터 노래했지
나는 무조건 서울로
시집 가서 서울 이모가 되는 게 꿈이야

그렇게 세월이 흘러
동생은 서울 이모가 되었지
명절 때마다 신발도
예쁜 옷도 가방도 사주는
우리 아이들에게
기쁨을 주는 서울 이모
세상에 둘도 없는
서울 이모

오늘처럼 비가 내리면

후두둑 후두둑 빗소리가 요란하다
마당 한가운데 있던 우리집 꽃밭
비닐 봉투가 귀하던 시절
엄마는 비닐봉투를 모으셨다
하늘이 컴컴해지면 엄마는 마당으로 나가신다
막 피기 시작한 보라색 다알리아
꽃대가 약한 흰백합
붉은 자태를 뽐내는 장미
비에 젖을세라 엄마의
손이 바쁘다

엄마! 비 오려고 해요
꽃에 봉지 씌워야지요
루드베키아 노랗게 활짝
크록스 분홍색 활짝
페츄니아 길게 늘어서 있다
나도 봉지 들고 마당으로 나선다

나도 옛날에 비 오기 전
봉지 씌웠는데
너도 나처럼 하는구나
그 엄마의 그 딸 맞네

코스모스

작년 이맘때쯤 식구들과 함께 코스모스밭을 갔다
넓은 들판에 가득 피어있는 코스모스 꽃길을
가족들과 도란도란 이야기 나누며 행복했다
드문드문 씨가 여물었다
꽃을 좋아하는 남편과 함께
분홍 빨강 하양
색색별로 꽃씨를 받아왔다
올해초 마당 언저리에
씨를 뿌렸다

아침에 눈 뜨면 사랑을 주었지
아이고,
이쁘구나 어제보다 이만큼 자랐네
너희들 빨리 자라라고 물도 많이 줄게

한여름 땡볕 아래 쑥쑥 자라더니 가을로 들어서자
내가 제일이라고 뽐내며
툭 툭
꽃망울을 터트렸지
이제는 내 키보다도 훌쩍 커서 오가는 사람들에게
인사를 받는구나

너희들이 있으니 벌들도 나비들도 참으로 바쁘구나
그 옛날 학교 가는 길에
코스모스 싹을 심으며 다녔던 기억이 새록새록 난다
운동회가 열리는 이맘때쯤
학교 가는 그 긴 보뚝 길가에
코스모스 하늘하늘 나풀거렸는데

땀방울에 스민 사랑

뙤약볕 아래 도라지꽃이 활짝 피었습니다
보라 하얀색 꽃이요
까맣고 작은 도라지 씨앗을 보여 주시며
오늘 도라지씨 뿌리고 왔다
삼년 후에는 실컷 먹을 수 있을 거다
며느리 좋아한다고 일부러 심어주신 사랑
내 땅에서 나는 것이
몸에도 좋은 거라시던 아버님

도라지 싹이 나고 꽃이 폈어요
밭고랑 사이사이 풀들이 잔뜩 났네요
이랑이랑에 철퍼덕 앉아 풀을 뽑으셨지요
삼 년 후 캔 도라지 매끈한 거는
누구 주고 못난이만 가져 오셨어요
식초 설탕 넣고 새콤달콤 무치면 밥 한 그릇 뚝딱
그때 그 여름 감칠맛이 나는 도라지무침
엉덩이를 밀고 다니셔서
바지는 흑망태가 되어 돌아오시면
풀은 손으로 뽑아야지
엉덩이로 뽑느냐며 어머님 타박하셨지요
넓은 도라지밭 지나가며
아버님의 온화한 미소를 떠올립니다

도라지 꽃이 폈어요
아버님
밭이랑에 아른아른 하네요

알밤 태몽

애, 아가야
어젯밤에 꿈을 꾸었는데
이게 태몽이지 싶다
"어머니 어떤 꿈인데요?"
내가 고구마를 캐는데 고구마는 나오지 않고
큰 알밤만 나오는구나
그래서 밤만 한 바구니 가득 캐어왔다

시어머니 꿈대로 나는 아가를 가졌다
알밤 꿈이어서 그럴까?
머리가 커서 쿵쿵
앞으로 옆으로 뒤로
잘도 넘어진다
벌써 34년이나 되었다

단련이 잘 되었나
든든하게 잘도 자랐다
지금은 든든한
우리집 기둥이 되었다

딸아이

좋아하는 걸 지켜봤더니
제 길 잘 찾아가더라

한 번 배우더니 재미가 있었는지
집에 오면 백 번은 치던 아이
동네 친구들 모아놓고
척 다리 꼬고 가르치던 아이
피아노만 있으면
행복한 아이

좋아하는 걸 하더니
제 길 제대로 잘 찾아 가더라
바리톤 이응광 선생을 만나
아침마당 나왔다고
하루 종일 전화 받느라
바빴다

음악을 사랑하며
사는 너
참 행복하겠구나

시집 가는 딸

딸이 남자 친구를 데리고 왔다
숨겨 두었던 깔끔함 외모
떡 벌어진 어깨
잘 웃는 눈
용케도 3년을 숨겼단다
요렇게 짠 놀래키려고

만나서 반가워요?
정적 끝에 입을 열었다
장점이 뭐예요?
나도 모르게 툭 틔어 나왔다.
이게 뭔 소리?

제 장점은 성실함인 것 같습니다
많이 준비했나 보다
사위감은 성실하면 다 된다며
누누이 강조하던 평소의 말
딸래미가 컨닝 시켰나 보다

딩동댕 합격!
딸이 끼어들어 호들갑을 떱니다
만세!
사위감이 두 팔 들며 넉살을 떱니다
북 치고 장구 치고
요 녀석들 봐라

좋은 말만 하거라
시댁에 잘 해야
사위도 처가에 잘 하는 거다
친정에 올 때마다
챙겨주시던 어머니 말씀

고이고이 품었던
그 옛날 어머니 사랑을
딸에게 조곤조곤 물려 줍니다

행복한 세 따님들

어렸을 때 미술대회 나가서 타오던
우수상 장려상 입선
큰 상을 받아 오진 못했지만
큰 광고회사 차장님
하고픈 거 하고 사는
넌
행복한 사람

어렸을 때 피아노 대회 나가서 타오던
최우수상 대상 금상
작곡 편곡 피아니스트
좋은 샘 만나
예술의 전당 아침마당 아트홀
하고픈 거 하고 사는
넌
행복한 사람

어렸을 때 손으로 만드는 것을 좋아했지
야무진 손으로 조물조물
뉴욕 가서 한 달 살아보기
소울뮤직 일등 공신
하고픈 거 하고 사는
넌
행복한 사람

애들 따라하기

매일 세 가지 감사를 쓰는 밴드
오늘 하루 돌아보며 감사를 찾지
매일 쓰는 일기 추억이 가득

추억을 차곡차곡 카스토리
기쁨 가득 즐거움 가득
추억 먹고플 때
없어서는 안 될 간식

매일의 일상과 감사를
나누는 가족 까톡방
만나지 않아도 소식을 알 수 있지
사위들도 함께 해주니 기쁨 가득

사업소식도 알리고
교회 행사도 올리는 블로그
지인들의 일상을 보는 재미 쏠쏠
멀리 있는 조카들과도
소식이 팡팡

새벽 설봉산에서 유튜브
기타 치며 랄라 하모니카
룰루 구독자도 있으니
신나는 일상

가족음악회

지금부터 2회 가족음악회를 시작합니다
피아노 마당으로 소풍 나왔다
각자가 준비한 악기로
목으로 뽐내기 시간
문리버 부부 너무 멀리 왔나요
재능이 없어도 백프로 출석

하하호호
박수치며 즐거운 시간
울엄마도 덩실덩실
어깨춤이 덩실

마지막 시상시간
한아름의 선물
입꼬리가 춤을 추네

마당 있는 집의
가족음악회
행복한 하루

코로나 사랑

엄마, 우리 코로나 걸렸어
코로나 걸리면 쉬쉬하던 시절

엄마, 나도 코로나 걸렸어
열이 나고 목이 아프고
기침이 나고 일어나지도 못하겠어
어떡하니?

엄마, 우리도 코로나 격리 중이야
여기저기 코로나로 힘들어한다

내가 뭘 도울 수 있을까?
반찬 몇 가지 조물조물
과일 준비 통닭 책
우리집 반찬통들 출장을 나갔다

나도 막바지에 코로나 걸렸다
물만 넣고 끓이는 밀크 키트
사랑의 빵
과즙이 가득한 거봉사랑
배달이 왔다
진득한 코로나 사랑

즐거운 가족 톡

엄마!
딸 자랑거리가 뭐가 있을까?
너는 인성이 좋지 않니?
손님들 오면 반갑게 맞이하고
일을 기쁘게 하는 거지

여보!
내 자랑거리 뭐가 있을까?
처음 보는 사람에게도
말을 잘 하니 사교성이 좋아
인상도 좋아

세 딸들아!
엄마의 자랑이 뭐 있을까?
엄마는 소녀 같은 마음이 있어
우리 그이가 엄마는 말이 사근사근 소녀 같대나
맞아 내 친구들도 엄마는 소녀 같데 감성이
맞아맞아 우리 그이도 엄마는 감수성이 풍부하대
엄마는 긍정의 여왕이야

오늘도 즐거운 가족톡은
웃음이 그칠 날이 없네

감사일기 노트

감사일기 쓰기 시작한 지 6년이 넘었다
지인의 소개로 쓰게 되었다
하루를 뒤돌아보며 그날에 감사를 5가지 쓰는 것이다
올해 13권째 시작을 했다
이 일기 안에 지난 삼 년 간의 모든 것이 들어 있다
시가 흐르는 골목길로 인도하신 신동희 시인께 감사
큰아이 결혼의 모든 것을 감사
온 가족 처음으로 가 본 동유럽의 기쁨도
둘째 딸 아침마당 출연도
신랑 회갑기념 가족사진
초보시인 발표회의 감사

나는 감사일기 홍보대사이다
많은 이들에게 알리지만
함께 하는 이들은 많지 않다
지금 쓰는 감사일기를
내가 살아있는 동안
써 보기로 나와 약속한다

인생은 60부터라지요?

브라보 유어 라이프!
인생은 60부터라지요?

88올림픽으로 온 나라가 바빴을 때 우리도 만났지요
차 한잔 두고 부끄러워 서로 표현도 못 하고
그렇게 시작했네요
결혼 3일 전 기억나지요
오토바이 사고로 오른쪽 팔꿈치뼈가 깨져서
다행히도 왼쪽팔만 힘차게 신랑 입장한 것이 눈에 선하답니
다
그토록 가고 싶었던 제주도
신혼여행 취소하고 첫날밤이라며 호텔을 잡아주셨어요
그 긴 밤 기브스를 묶었다 풀었다 반복하며 꼬박 새웠네요
수술하러 간 병원에서 우리는 뉴스거리였지요
신혼부부 여행 왔다고
많은 분들이 한 번씩 구경왔어요
삼십일 년 전 그때가 생각납니다

여보,
여지껏 너무 바쁘게 살아왔네요
삶의 여유도 없이요
이제는 느림의 미학으로
살아봅시다
조금 여유를 가지고
서로 바라보며
쉼을 가지고

당신의 환갑을 축하하며
주님의 이름으로
축복합니다
잔소리꾼 아내가

엄마와 딸

큰딸아이 결혼식 문제로
통화하다가 마음이 상해
그냥 툭 끊었다

듣고 있던 막내딸
엄마 나랑 삼십 분 데이트하자
조용히 찻집에 앉았다
엄마 손 펴 봐
조용히 손을 마사지한다

화가 가라앉아
내 일터로 돌아왔다
엄마! 성질내서 미안해
다시는 안 그럴게

눈물이 찔끔
서로 닮아서 그런 게지
먼저 사과해주니 고맙다
정말 고마워

사위들

어미 곁 떠나
새 둥지 틀어
콩알콩알

덩달아 굴러온 사위들
복덩이 복댕이 복둥이
언제나 싱글생글

마음 한 켠에 늘 계신 시아버님께

아버님과의 첫 만남은 온 세상이 88올림픽으로 바빴던 해였네요 과천의 마당 넓은 집에 들어가자 환하게 웃으시며 맞아주셨지요 입구에는 코스모스가 흐드러지게 피었고 마당 곳곳에 살구 대추 감 앵두 나무가 있었어요 제가 그때 무슨 생각을 했는지 아버님은 아시나요?

마당 넓은 이층집을 보면서 와! 우리랑 사는 차이가 나는구나! 결혼을 앞두고 걱정이 되었어요

결혼하고 시댁으로 들어왔지요 처음으로 밥을 하던 날 아버님은 "아유 맛있다. 밥도 반찬도 처음 해볼 텐데 맛이 있구나!"

매번 상 차릴 때마다 "맛있구나." 그 칭찬이 정말 감사했어요 입덧으로 고생하며 못 먹을 때 사오신 하드 먹지는 못했지만 감사했어요

일 년 후 이천으로 이사왔어요 더운 여름 땀 뻘뻘 흘리며 피아노 드는 것 보시고 자장면을 못 드셨어요

"내가 너희에게 못 주어서 이렇게 힘드는구나."

아버님 마음이 울컥하셨죠.

"아버님 돈 많이 준 자식들 당구장에서 놀면서 마누라 힘들게 하더라구요. 노는 신랑보다 내 신랑 열심히 일하는 것이 좋아요."

그제서야 고맙다며 남은 자장면 드셨지요

저에게 늘 칭찬해 주셨던 아버님 친정에 가서 늘 말해요 우
리 시아버지 좋으신 분이라고요 저를 이뻐해 주신 것 감사드
려요

"애, 문서방이 다 보고 배울 거다."
지난 여름 아버님 하고 여러 번 갔던 광탄을 지나가다가 아
버님 생각이 났어요 아이들 어릴 때 여름마다 왔던 곳 아버
님과 함께한 추억이 새록새록 나네요 그렇게 건강하셔서 제
곁에 더 오래 계실 줄 알았는데 97세 고관절이 부러져서 결
국은 병원을 나오시지 못 하셨네요

지금도 길 가다가 큰 키에 대머리이신 분을 뵈면 아버님 생
각이 많이 나요.
"맛있다 맛있어. 정말 맛있구나!!"
아버님 그 칭찬의 말이 지금도 제 귀에 들려옵니다.

우리 사랑 이대로

동생은 순한데 한번 화나면 무섭다는
시누이의 배려가 내 머리에 앉아 있으니
화가 난 것 같으면 나는
얼른 깨깽을 한다

옛날에는 말도 별로 없더니
요새는 말이 많고 잔소리가 많다네
누가 할 소리
겨우 대답만 하던 당신도
말이 많아졌지

그 여자만 변했나
그 남자도 변했지

그러면 어떤가?
그게 부부인 것을
진심으로 우리 사랑 이대로
백년회로해 봅시다

3부

그때 그 여름밤이
놀러왔다

까치밥

아버지 아버지
우리집에 놀러 오세요
제가 아버지 드리려고
달달한 홍시
두 개 남겼어요

엄마랑
사이좋게 드시라고

부모님의 고향

부모님 고향은 평안북도
잠시 볼 일이 있어
남쪽으로 내려 오셨다가
올라가시지 못하고
늦은 나이에 남한 땅에서
살림을 시작하셨다

평안도 우리 아버지
백 세가 되셨다
추석을 맞이하니
북에 두고 온 가족들
그리움은
몇 배나 더 하시겠지?

이산가족 신청 오래 전에 되었지만
후유증이 크다고 말리시는
경험자들 충고에
늘 그리움만 품고 계신
아버지
어머니

엄마의 꽃밭

우리집 마당에 채송화가 피기 시작했다
한 포기에 빨강 노랑 하양 분홍
겹채송화가 피었다
엄마! 채송화가 이쁘지요?
그래, 이쁘구나

엄마의 꽃밭이 생각난다
우리집은 스레트 지붕 마당 한가운데
넓게 자리잡은 꽃밭이었다
칸나 다알리아 글로디아로스 백합
과꽃 꽈리 접시꽃 백일홍 빨간 해당화
그리고 화단 앞을 차지하던 채송화를
유난히도 좋아 하시던 엄마
비가 오기 전 바쁜 엄마손
해당화에 라면 봉지 씌워준다
추위가 시작되기 전 뿌리화초를 캐서
종이에 싸서 얼지 않도록
방 고구마 덤 안에 넣어둔다
우리집에 가장 흔한 것은

키 작은 채송화 원색들이 화단을 넘어
고추밭까지 점령한다
고추밭인지 채송화밭인지 모르게 가득 피었다
풀을 뽑는 어린 나에게 엄마는
풀인지 채송화인지 조심스레 알려주었다

그 옛날 엄마의 꽃밭을 보고 자란 나
엄마집에 있던 화초들은 없지만
난 오늘도 마당에서 여유와 행복을 누린다
엄마, 채송화가 활짝 피었어요

95살 엄마와 똥강아지

야산에서 내려온 검둥이 한 마리가 있어요
집을 나온 개인가 봐요
영양실조로 입이 돌아간 검둥개 불쌍해서 밥을 주었지요
옆집 개랑 사랑을 했어요
암수 두 마리 모두 검둥이를 낳았어요
어쩜 눈까지 까매서 나를 쳐다보는지도 모르겠어요
사남일녀 도레미파솔 이름을 지어줬어요

육개월이 지났어요
이번에는 우리집 흰둥이랑 사랑을 했어요
풀려져 있는 암놈이 묶여있는 수놈을 얼마나
귀찮게 하는지 모르겠어요
집이 없는 검둥이
우리집 컨테이너 아래 새끼를 낳았어요
내가 미워해도 애미잖아요
미역국 한 솥 끓여 주었지요

열흘 정도 되었나 봐요
컨테이너 아래에서 강아지 소리가 크게 들리네요
밖으로 끄집어 놓았어요
검둥이 네 마리 점박이 한 마리 모두 수놈이네요
꼬물꼬물 이제 눈을 막 떴나 봐요
데크에 앉아 있는 울엄마에게 데리고 왔어요
엄마! 검둥이 새끼들이에요
다섯 마리 모두 수놈이에요
지 새끼들 어떻게 할까 봐 걱정하는 어미개에게
울엄마 한마디 하신다
너 어떡하니 요새는 딸이 최고라는데
95세 엄마와 어미개하고는 대화가 잘 통하는 거 같아요
우리 엄마 심심하진 않겠네요

그런데 저는 이제 너무 많아진 얘네들을 어쩌죠?
분양한다고 해도 받겠다는 사람이 한 명도 없네요

너 참 잘 살고 있구나

엄마, 엄마 드리라고 사골 국물 주셨어요
생선도 구워드리라고 주신 정애님
맛있는 딸기가 나왔다며 엄마 드리라고 사오신 동희님
엄마 이 더위 잘 지내시는지 안부 물으시는 상기님
엄마 건강 좋으시지요?

몇 해 동안 농부 해보라며 공짜로 땅을 빌려주는 동주님
김치 참외 자두 블루베리 울엄마 챙겨 주시는 소영님
더위 잘 이기시라고 모시삼베 한 벌 직접 만들어 주신 명심님
말랑말랑 엄마 드리라고 복숭아 상자로 선물한 용기님 경순님
더위에 시원하게 갈아드리라고 아로니아 나누는 만해님
방앗간 다니는 아들이 가져온 떡 울엄마 챙겨주시는 명화님
엄마 드리라며 두유 호박 오이지 김치 미소가 아름다운 부자님
엄마랑 산다고 한 차 가득 바리바리 냉장고 가득 채워주는 영철
신정님
벼농사 추수했다고 엄마 맛있는 밥 해드리라며 나누시는 시화
님
매년 농사 지어 쌀 한 가마 나누는 모가면 인구씨
갓 짠 들기름으로 사랑을 전하는 순영 민숙님
곶감이 맛있다며 보내주신 신재 신화님

맛난 떡 가득 안고 오셔서 엄마를 기쁘게 해주신 인철 해숙
님
떡보엄마에게 드리라고 기꺼이 주는 효순님 인희님 은경님
하정님
80노인이 엄마에게 명절 잘 보내라 봉투 내미시는 경자님
두서너 달 사이 울엄마 머리 잘라 주러 오시는 시누님

엄마!
엄마랑 같이 사니까
이렇게 주시는 분들이 많네요

너 참 잘 살고 있구나!
니가 그만큼 베푸니까 오는 거다
그래, 그렇게만 살거라

엄마의 가계부

친정집에 가면 엄마의 가계부를 들여다본다
지난 여름 엄마는 수박 세 통을 사서 드셨다
수박1 수박2 수박3

누군가가 다녀가면 엄마는 가계부를 꺼내 꼭 기록을 한다
신덕이가 소고기 김치 고춧가루 고등어 사골 늙은 호박
파 한 단까지 꼼꼼히 기록하는 엄마
꼭 기록을 해서 나는 다 안다

아, 누군가 엄마에게 다녀 가셨구나
명절마다 이십여년 간 음식을 해 오시는 분이 계신다
백동석 장로님 부부 고기 식혜 과일 센베이 등등
엄마의 가계부에는
많은 사람의 이름이 들어있다

지예가 사다준 털신발
지수가 사드린 영양제
지윤이가 사준 관절에 좋은 우슬초도 들어있고
외손주 경찰로 첫 월급 준 용돈도 들어있다
군에서 월급 모아 홍삼 사온 외손주 사랑도 들어있다
엄마의 가계부에는 없는 것이 없다
엄마의 사돈이 명절 때마다 보내주시는 빈대떡과 봉투도 있
다

울엄마 올해 96세
이북에서 나오셔서
일가친척도 없이 외로우셨을게다
나보다 큰 키 손도 발도 다 커서 멀대 소리를 듣던 엄마
구부정한 허리 아침 7시에 식사하시고
구부정한 허리 누일 침대에 앉아 성경을 보신다
점심 드시고 비타민 디 드시러 밖에 나가
한 시간을 보내고 오신단다
성경 한 권을 한 달에 한 권씩 읽는 엄마

내가 전화한다
엄마 뭐해? 난 성경 읽는다
사과 한 상자 감 한 상자 보내드리면
책 읽느라 까먹는단다
삼 년 전부터 요양 보호사가 도와주신다
귀도 잘 들리고 눈도 좋고
허리만 아프신 울엄마
엄마의 허리를 고쳐드리지 못한 것이 정말 한이 된다
글 읽는 것이 얼마나 빠른지 속독이 빠르다

명절 때도 인사 받고는
슬그머니 방으로 가서서 숙제를 하신다
우리들이 가져간 과일 음식
이북에서 오시고 자녀가 없는 집에 사과 두 알
배 한 알 송편 몇 개 부침개 몇 개
구부정한 허리로 배달을 가시는 내 엄마
이제 몇 년이나 배달을 가실 수 있을까
신덕이 이사 냉장고 백만 원
어깨 다쳤다고 병원비 보태거라 삼십만 원
전원주택 지었다고 삼십만 원
손녀딸 결혼 축하비 백만 원

엄마의 가계부를 펼치면
모든 것이 다 들어있다
내가 삶아서 보낸 시래기 대추 몇 알까지

엄마의 생신

올해 설은 우리집에서 했다
명절 전전날 부모님을 모시고 왔다
해마다 시댁 갔다가
오후에나 들리는 명절 코스였는데

이북에 자녀를 두고 내려오신 울 아부지
이북에서 한 살 된 딸을
데리고 오신 울엄마
언니는 먼저 엄마 곁을 떠났다
하늘나라로
가엾은 우리 엄마
여동생 하나와 나
아들이 없는 친정에서의
명절은 오후에나 모인다

부모님 동생 가족 우리 가족 딸 가족 모두 모였다
작은 집이 시끌시끌하다
세배를 드렸다
울아부지 올해도 잊지 않으시고 봉투 편지를 쓰셨다
사위 문인호 항상 우리에게 사랑주니 고맙다
신덕아 백세된 우리를 항상 달 챙겨주어 마음으로 감사한다
문지예 너를 사랑해 주는 신랑을 만난 것은 하나님의 축복이
다

권용욱 지예를 사랑해 주어 고맙다
문지수 희망을 주는 선생님이 되거라
문지윤 너의 씩씩함을 좋게 본다 기대한다
각자에게 짧은 편지를 쓰셨다

5박 6일 결혼 후 이렇게
처음으로 긴 시간을 함께 했다
부모님 좋아하시는 음식
매끼 상차림에 최선을 다했다

울엄마의 생일은 음력
1월 4일 엄마의 94번째 생일이
우리들 집에 오면 그 다음날이다
제대로 국 한번 못 끓여드렸다
항상 내 마음이 아팠다
결혼 32년 만에야 생신상을 차렸다
미역국 끓이고 조기 튀기고
꽃등심 구워서 한상 차렸다

울 아부지 기도하신다
야곱이 이삭에게 축복하시듯 하나님 이 가정을
축복하소서 자녀들을 축복하소서 사업장을 축복하소서
백세 넘기신 울 아부지
어디서 저런 힘이 나시는 걸까

기도 후에 양복 주머니 뒤져 십만 원 주셨다
지극 정성으로 우리를 선대해 주니 고맙구나
울엄마도 정말 고맙다
하시며 십만원 주셨다
나 설거지 하는 뒤에서
아버지 말씀하신다
당신 오늘 돈 쓸 때 잘 썼어 잘 했네
설거지 하는 내 눈에 눈물이 고인다
두 분 이렇게 건강하게
2020 새해 맞으심을 감사합니다
5박 6일 계시다 떠난 자리가 허전하다
아부지 엄마 마음 깊이 사랑해요

설날 아침

설날 아침 친정에서 새해를 맞았다
사골국물에 떡국을 푹 끓였다
말랑말랑하게

아버지 떡국 맛있게 드세요
오늘 떡국 드시면 한 살이에요
그래 다시 한 살이구나
떡국을 맛있게 드시더니
드디어 한 살을 먹었구나
하신다

엄마도 떡국 맛있게 드세요
나는 조금만 먹을란다
요새 하루하루 살아내는 것이 힘들다
얼른 주님이 오라 하시면 좋겠다
너희에게 짐이 되어 미안하다

설거지를 마친 나를 앉으라 하신다
금반지를 가져 가거라
옷도 신발도 필요한 거 있으면 가져 가거라
성경을 읽어도 뭔가 모르겠고

엄마! 왜 그렇게 약해지는
말을 하는 거야

백한 살 되신 울아부지 한 말씀하신다
엄마가 요새 부쩍 약해지는 말을 한다
엄마나 나나 느들 고생 시키지 말고
내 아버지 집에 가야 할 텐데

새해 아침
내 마음이 참으로 무겁다

엄마의 밥상

오랜만에 한상에 둘러 앉았다
관고재래시장에서
한상 가득 잘 차려진
그 옛날 엄마의 밥상을 받았다

울 엄마가 생각이 난다
여름 더운 날이었지
삐뚤빼뚤 구부러진 오이로 오이지를 담그었지
송송 썰어 꽉 짜서 오돌오돌 무치고
댕댕 잘라 고추 파 송송
얼음 몇 알 넣고

마당 끝에 들깻잎
조물조물 깨소금 송송
부추와 스사삭
야들야들 상추 뜯어
고추장만 올려
입이 찢어져라 밀어 넣으면
그 맛은 최고

울엄마에게 차려드려야겠다
나는 엄마의 밥상
울엄마는 딸의 밥상
대를 이어가는 어머니 밥상

엄마의 봄날

솔향기 마을 이층집에서
아흔다섯 해 엄마의 하루는 시작된다
새벽 첫 시간은 주님과의 만남
주여! 우리의 자녀들
하루의 삶을 인도해 주소서

눈을 들어 마당으로 달린다
댕댕이 만세 도도 레레 네 마리
개들과 눈인사를 한다
"배가 고파요 할머니, 주인아저씨 깨워 주세요"

봄이 왔다
돌담에 자리잡은 꽃잔디
영산홍 막 터트린 라일락
창문을 통해 울엄마
좋아라 신이 나셨네

노란 애기똥풀 봄바람에 살랑살랑
하얀 마가렛 활짝 피어
그네를 탄다

성경 읽고 성경 쓰고
아흔다섯 해 엄마의 하루가
또 지나간다

엄마 살던 고향은

2021년 5월 31일
통일부와 적십자사로부터 택배가 왔다
조상도 귀하

엄마! 엄마에게 택배 왔어요
누가 나에게 택배를 보냈을까?
돋보기도 없이 큰 소리로 읽어주신다
코로나 19로 지친 일상에 작은 위로가 되기를 바라며
북녘가족과 다시 만날 그날까지 평안하시기를 기원합니다
찰현미 찰흑미 참쌀 전복죽 두 개 갈비탕 두 개 김 다섯 개

울엄마 고향은
평안북도 용천군 부라면 덕암동121번지란다
동네에는 큰아버지 두 분이 계시고
고모는 결혼을 하여 다른 동네로 가셨단다
큰아버지는 큰상회(백화점) 둘째큰아버지는 중국에서 사업
울엄마의 아버지는 농사를 크게 하셨단다.
바쁜 농사철을 마치면 한문을 가르치셨단다
여자도 배워둬야 한다며
엄마에게도 천자문을 가르치셨단다
그래서 천자문도 떼셨단다
소학교를 졸업하시고 엄마의 남편은 중학교 5년을 마치고
신문기자셨단다
논밭이 많아 배고픔을 모르셨고 부자였단다

엄마! 엄마 고향 가보고 싶지요?
그래 한번 가보고 싶다 꿈에라도 가보고 싶다
우리집을 찾을 수 있을까?
어릴 때 다니던 덕천교회도 생각이 난다고 하신다
빨간색 벽돌로 지은 교회란다
맨 바닥에 방석을 깔고 앉을자리가 없던 교회

오빠는 다 돌아가셨을 거구 조카들이라도 보고 싶구나
조의홍 춘옥 명옥 영옥 이옥 엄마의 조카들이란다

오늘 택배 때문에 많은 생각도 하고
많은 얘기도 하시고 울엄마
오늘 고향얘기 하시니 신이 나셨다
이제는 못 갈 거 같다
왜요?
다리가 아파서 거길 어떻게 가니?
엄마 제가 휠체어 끌고 같이 갈게요
엄마의 소원은 통일
나의 소원도 통일
통일이여 오라

봉숭아 물들이기

엄마, 우리 손톱에 봉숭아물 들일까?
내가 애기니?
엄마 애기지 내가 없으면 암것도 못하니까

빨간 봉숭아 절구에 콩콩
손톱에 얹고 비닐 칭칭
실로 꽁꽁
예쁘게 물 들여다오

하룻밤 자고
손톱에 빨간 사랑 맺혔네
누구 사랑 더 진할까?

오늘도
추억 하나 만들었다

휠체어에도 가을은 왔네요

해질녘 농로길 따라
동네 한 바퀴 돌았네요
휠체어에 울엄마 태우고
천천히 느리게 돌았어요

벼 익은 논에 시원한 가을하늘 참 곱습니다
논에 날아다니는 풀벌레들
신이 나서 춤을 추고
해지는 풀섶 석양 아래
풀벌레 우는소리 정겨워요

감나무에 몇 개 달린 감도
대추나무에 다다다닥 노을도
느릿느릿 휠체어 울엄마의 뺨에도
수줍은 어린 아이처럼 가을이
붉게 물들기 시작했네요

우리 바쁘게 사는 동안
세월은 바쁘게 흘렀던 게지
천천히 느릿느릿
가을은 가을입니다

엄마의 주례사

결혼은 쉽지만 부부는 어렵다
많은 사람 중에 둘의 만남을 계획하신
주님께 감사드린다

사랑은 오래 참는 것
부부는 서로 아끼고 존중해주어야 한다
선한 영향력을 가지는 부부가 되어야 한다
모든 시선을 주님께 고정하기를 원한다
결혼은 매일이 공사 중이야
비도 오고 바람도 불고 천둥도 치고

돈 관리는 따로가 아닌
같이 해야 재산을 모을 수 있어
뱉은 말은 주워 담을 수 없으니
화가 나면 바로 말하지 말고
5초 후에 말하기
힘들 때 머리 맞대고 대화

싸우고 부모에게 쪼르르 이르지 않기
서로의 부모님께 잘하기
네탓이 아닌 내탓이 많기를
화가 나면 그날 풀기
열 개 중의 하나는 주인에게로

다름을 인정하기
쇼핑 전 두 번 생각하기
핸드폰 줄이고 초록색 많이 보기

행복은 멀리 있지 않아
행복은 내가 만드는 거야
비교하지 말고
욕심 내지 말고
미리 걱정하지 말고
현재에 만족하고
추억을 많이 만들어야
추억으로 살 수 있지

연애 땐 신랑 엉덩이가 가볍지만
결혼하면 무거워지는 거야
내 엉덩이 가볍게 움직이며
오늘 행복을 놓치지 않고 사는
아름다운 너의 삶을 응원한다

울아부지 백세인생

오늘은 울아부지 백세 생신이다
아부지가 섬기시는 교회에서 백세 잔치를 열어주셨다
동영상과 함께 지나온 세월이 주마등처럼 지나간다
1920년 9월 25일생
평안북도 정주군 선천면

아무도 없는 남한땅에서
사는 것이 쉽지는 않으셨을 게다

오후에 온 가족이 다 모였다
혈혈단신으로 가꾸신 가족
결혼 한 달된 손녀사위가 하나를 더해서 열네 명
정갈한 음식을 먹고
말 잘하는 제부가 사회를 맡았다
각자 써온 편지를 읽었고 선물을 드렸다

울아부지는 아주 예전부터 꼭 신권을 준비하시고
아이들에게 봉투 편지를 써서 주셨다
누구야 와주어 고맙다
어제는 결혼 한 달된 손녀사위가 받았다
손녀사위야 와 주어 고맙다
우리 아부지 최고다
우리 할아버지 최고다

아이들도 아버지께 편지를 다 썼다
모두에게 겹친 단어들은
항상 긍정적이신, 칭찬을 잘 해주시는, 너무 멋진,
어디서나 호인이라는 아버지 할아버지
나도 편지를 읽었다
따뜻한 내 아버지여서 감사하고
아이들이 존경하는 아버지인 것이 감사하고

97년에 아버지 어머니 아주대학에 시신기증 서약을 하셨다
16번 17번째로 내가 죽으면 천국갈 터이니
젊은 학생들에게 연구하라며 정말 멋진 울아부지
나는 앨범에 가족의 사진을 가득 담아 선물로 드렸다
심심할 때 펼쳐보시라고
최고의 선물이라고 하신다
손녀와 사위가 멋진 코트를 사왔다
딱 맞고 이십 년 젊어 보이신다고 환한 미소 짓는다
베레모와 정말 어울린다

큰 잔치 열자고 했더니 백세가 무슨 자랑이냐
간단하게 식구들끼리 밥 먹자 극구 사양하시더니
작은 식탁에서 정말 큰 사랑의 시간을 펼쳐주셨다
울아부지
사랑해요

아버지의 생전 장례식

100세 잔치 후 딱 일 년 즈음 그 건강하던 울아부지 새벽에
화장실 가려다가 "쿵!" 주저앉으셨다 지혜가 있으신 아버지
는 나보다 조금 가까이 있는 서울 동생을 불렀다 119타고 병
원에 갔지만 병명은 없단다 다리는 힘이 빠져 설 수가 없다
이제 어떡해야 하나?

내 죽은 후에 장례식은 없었으면 좋겠다 남은 이들 귀찮게
하고 싶지 않다 대신 이 돈으로 장례를 간단히 치러라 평소
에 입버릇처럼 말씀하시며 아버지 엄마 몫으로 각각 5백만
원 준비해주신 아버지를 그냥 보낼 수 없어 조심스럽게 건넨
한 마디

아버지, 생전 장례식을 하는 건 어떨까요?
좋다, 우리 파티하자
그래, 이렇게 정신이 좋으실 때 가족들 모두 모이게 하죠

추석에 온가족들 모였다 아버지 사랑해요 그동안 수고하셨
어요 감사합니다 프랭카드 만들고 감사장 만들고 아버지의
옛날 사진 큰 액자에 가득 끼우고 꽃도 준비하고 마당에 테
이블을 깔고 하얀 보자기도 깨끗하게 깔았다 예쁜 초도 켜고
코스모스도 꺾어 꽂아놓고 추석 가을 하늘이 눈이 부셨다 아
버지 좋아하시는 고기도 굽고 각자 써온 편지들을 읽었다

장인어른 그동안 감사했습니다
아버지 노인이 아닌 어른으로 살아 주셔서 감사합니다
아버지, 내 아버지로 계셔 주셔서 감사합니다
엄마는 제가 잘 모실게요

외손자 손녀들도 외할아버지를 안아드리고 찬송도 불러 드
렸다
"하늘 가는 밝은 길이 내 앞에 있으니/ 요단강 건너가 만나
리/ 햇빛보다 더 밝은 곳 예비해 두셨네"
18일 동안 병원에 계시다가 코로나로 천국 이사하신 아버지

내가 평생 잘 한 것 중 하나
아버지 정신이 좋으실 때 미리 장례식을 한 것이다
그래서 눈물도 없이 아버지를 보내 드렸다
아버지, 잘 계시지요?
나 아부지 보고 싶어

아버지의 자전거가 그리운 아침

출근길 좁디좁은 2차선 가장자리로 아슬아슬
자전거를 타고 가는 촌로를 보았다
짐칸에는 삽자루 하나 고무바에 꽁꽁 묶여
쌔앵 달리는 차도 옆으로 간신히 지나간다
울아부지 생각나 울컥 목이 메인다

울 아부지 자전거 짐칸은 아주 컸다
쌀 한 가마니
너끈히 실을 수 있는 짐칸이었다
그 자전거 한 대는 우리집 자가용이었다
엄마 아부지 새벽예배 다니실 때
아버지는 짐칸에 방석 하나 올려놓고
엄마를 태우고 다니셨다
비가 오면 비닐우비 쓰고
성경책 젖을라 가슴에 꼭 끌어안고 다니시던 엄마
눈 많이 올 때는 가지 말라 해도
부지런 떠시던 부모님

나도 그 자전거에 많이 올랐다
그때도 이차선 무서워서 아버지의 허리춤을 꽉 잡고 갔다
어느 날은 벌이 내 발등을 물어서 신발을 신을 수가 없었다
아버지는 나를 태워 교실 문 앞까지 태워다 주셨다
덕분에 나는 초중고 12년 개근상을 탔다
여름에 참외 따고 토마토 따고 오이 호박 따서
동네 집하장 갈 때도 아버지의
자전거는 꼭 필요했다
엄마와 나는 리어카로 가고

오늘 아침 아슬아슬 이차선 도로끝으로
자전거 타는 촌로를 보니
울 아부지 생각이 난다

그때 그 여름밤이 놀러왔다

초복날 저녁
닭 세 마리 사서 가마솥에 푹 삶았다
엄마! 한 마리 다 드세요
한 마리를 나 혼자 다 먹으라고
실컷 드세요
이걸 어떻게 다 먹니
그리고는 한 마리 뚝딱 하신다
내가 양계장 할 때도 한 마리는 못 먹어봤는데
정말 잘 먹었구나 내가 한 마리를 다 먹었구나
한 마리는 내 생전 처음 먹어보았다

그 말이 왜 이렇게 마음이 아플까?
나 어릴 때 우리집 양계장을 했다
여름이면 마당에 멍석 깔아 놓고
큰 솥에 한 솥 닭을 삶았다
도란도란 하다 보면 모기떼가 덤벼든다
잘 말려놓은 쑥향으로 모기를 쫓는다
우리집 냉장고는 마당에 있다
커다란 우물 안이 냉장고다
참외 수박 김치 긴 바가지에 태워
우물 안으로 여행을 간다
그때 먹던 시원한 수박 추억으로 아련하다

엄청난 장마를 겪었다
팔당문 열려 추억의 집 다 쓸려가서 흔적도 없다
우리집 양계장도 그랬지
오늘은 초복
닭 한 마리 뚝딱 맛있게 드시는 엄마를 보니
그때 그 여름밤이 놀러왔다

가을비 내리는 밤에

통증으로 힘들어 하는
울엄니
비가 오니 더 저린가 봅니다

잠 못 이루며 뒤척이는 밤
하염없이 울고 있는
빗소리와 함께

긴긴 밤 지나고 나면
따뜻한 커피 한잔 나누고
싶어요

창문 밖 담쟁이잎
파르르 떠는
가을비 내리는 밤에

코스모스 피어있는 길

키 큰 울엄마 닮은 코스모스
살랑살랑 실바람 타고
가녀린 몸짓으로 춤을 춘다
단아한 자태를 뽐내며
넘어질 듯 넘어질 듯

그 뜨거운 태양 아래
예쁘게도 피었구나
반백의 중년들
까르 까르 까르르
코스모스 피어있는
복하천 길에 가을햇살
가득 안고서
홀로 되신
울엄마 함께 해야지

나는 엄마 딸이에요

"태어날 때부터 크게 태어났단다."
유년시절 엄마에게 많이 듣던 소리 중 하나
"뱃고래가 얼마나 큰지 끝이 없이 먹더라."
그 큰 뱃속 가득 채워 주셨던 엄마
허리 펼 날 없이 밭에서 사셨던 엄마
목걸이 부업으로 매일 긴 시간을 앉아 허리를 혹사 시켰지
수출 시간 맞추느라 밤도 새곤 했었지
매일매일이 바빴던 전쟁터였어
그 바쁜 세월 다 내려놓았네

아버지 천국소풍 보내드리고 호미처럼 구부러져
제대로 펴지지 않는 고개 숙인 할미꽃으로,
빈 껍데기가 되어 온 늙은 엄마,
나와의 동거가 시작되었지

엄마가 늙어져 약해진 모습을 보고 있으니
어느 것 하나 제대로 해준 게 없어서
속상하고 마음이 저려 오네요
맛난 것 해 드려도 배가 부르시다며 못 드시니
마음이 아프고
나중에 내가 커서 놀러가자던 약속을 지키지 못해
변변한 사진도 한 장 없네요

무어 그리 바쁘다고 바닷가 한번 가지도 못하고
이제는 조금만 걸어도 힘들어 하는 엄마
매일 고맙다 인사하시는 엄마
나는 육십 년을 받고도 고맙다 말 못했는데
엄마는 모든 것을 고맙다 하시네
95세에 성경 읽고 쓰고 아무 책이나 읽으며 하루 종일
그 기운은 누가 주셨을까

엄마! 매일 무어라 기도하시나요?
내 소원은 딱 하나다
나 얼른 우리 엄마 아버지 보고 싶다
나 얼른 데리고 가라고
바쁜 너 고생 시켜 미안하다

고생이라니요, 엄마?
나는 엄마 딸이에요
내 엄마로 오래오래 계셔주서야지요

10월의 마지막 밤을

1.
2020년 그해 10월의 마지막 날
코로나가 우리 아버지에게 찾아왔다

그 날은 중환자실에서 사경을 헤매던 날이었다
안성의료원에서 다급한 전화가 왔다
아버님이 급성폐렴으로 힘들어 하시니 한번 다녀가라신다
아버지 보러가는 과정이 이렇게 복잡하다
겹겹이 하나하나 방역복으로 무장하고
발에 신는 신발도 갈아 신고 장갑도 두 개 끼고
안경 쓰고 중무장을 하고 중환자실에 들어섰다
며칠 전까지 건강하던 101세 울 아버지
그 건강하던 아버지가 축 늘어져 계신다
"아버지, 저 왔어요!"
눈을 번쩍 드신다
"어디 아프신 데 없으세요?"
도리도리 아버지의 두 손을 꼭 잡았다
아버지의 따뜻한 손의 온기는
장갑을 두 개 끼고도 느낄 수가 있었다

그해 10월의 마지막 날을
울 아버지와 마지막 만남을 가졌다

2.
2021년 올해 10월의 마지막 밤엔
고관절이 95세 우리 엄마에게 찾아왔다

가을바람이 산들산들 불어온다
단풍 옷 멋지게 갈아입은 담쟁이
빨강 립스틱 짙게 바르고 하늘하늘 머플러 휘감고
깃 바짝 세워 올리고
자그마한 병실창문으로 병문안을 왔다
4인 병실에 힘없이 누워 계신 울엄마에게
함께 계신 세 분 할머니에게 찾아왔다
"할머니, 힘내세요!"
"제가 응원해 드릴게요."
가녀린 뿌리 하나 땅에 박고
거칠고 차가운 시멘트벽 아슬아슬
곡예를 하며 얼마나 힘들었을까?

2021년 올해 10월의 마지막 밤을
난 또 엄마와 이렇게 함께 하고 있다

아버지 따라하기

도리도리 짝짜꿍 잼잼잼
손바닥 박수 세게 치기
양팔 벌려 지그재그
두 다리 올려 자전거 타기
옆으로 누워 한 다리 올리기
엄지발가락 세게 부딪치기
발바닥 박수
귓볼 잡아 당기기
손바닥 세게 문질러 눈에 대기
엉덩이 들어 터널 만들기
마지막으로
엉덩이 손대고 벌떡 일어나 앉기
아버지의 이불 운동

101세 아버지의 건강 비결
누구나 쉽게 할 수 있지만
아무나 쉽게 하지 못하는
긍정적인 마음
소식하기
동네 한 바퀴

아버지에게 감사

1 믿음의 유산 4대째 감사

2 많은 이들에게 호인소리 들으니 감사

3 항상 긍정적이신 것 감사

4 소식으로 건강을 챙기시니 감사

5 아이들 갈 때마다 봉투편지 써 주신 것 감사

6 문서방 최고라고 해서 감사

7 뭐든지 맛있다고 하심 감사

8 내가 사간 시장바구니 열어보며 좋아해 주셔서 감사

9 엄마하고 노년에 함께함이 감사

10 천국에 소망을 두셔서 사후 시신을 사회에 헌신하심을 감사

나의 버킷리스트

아프리카에 우물 파기
환갑맞이 가족과 여행
가족들에게 보여 줄 책 한 권 만들기
멋지게 색소폰 연주하기
은은한 클래식 기타 연주하기
성경 일독하기
도서관 가서 주 일 회 책 읽기
생명의 삶 큐티하기
주마다 글 두 개 끄적여 보기
노래 발성 배워 보기
블로그에 글 자주 올리기
제주여행 일주일 해보기
성지순례 가보기
빨간머리 앤 읽고
앤 그림 배워 보기

4부

봄은 이렇게
꽃비와 함께

빈 의자

나 좀 쉬게 해주라
그냥
앉아만 있다 갈게

아무것도
묻지 말고

택배는 바람을 타고

택배 초기 시절
한 장 한 장 손으로 주소를 옮긴다
아파트 동호수
숫자가 바뀌어도
숫자를 빼 먹어도 큰 사고다
전국 같은 이름이 많아
전라도 것이 경상도에 있다

도로명 주소로 바뀐 후
택배 주소가 정확해 졌다
같은 로가 없도록 했으니
처음엔 말도 많았지만 대성공
소울뮤직 택배
전국구로 출발
내 고향 미사리에도
친정집 동네도
동생 사는 암사동 아파트도
전자 피아노 드럼 색소폰
리코더 칼림바 오카리나

우리집 악기
전국구로 여행을 떠난다
불러만 주면 어디든지 갑니다
스마트 스토어 소울뮤직

미사리에 서린 옛 추억

미국에 사는 숭혜 언니
45년 만에 만나서
옛 추억 따라 미사리로 향했다

뽀얀 연기 날리던 신작로
모래 자갈을 나르던 골재트럭
덜컹덜컹 비포장길 추억
다슬기 잡으러 강으로
머리 가득 이고 지고
신작로의 키 큰 미루나무
빨간 벽돌공장
비가 많이 오면 배 타고 학교
땅콩 서리 입이 까맣도록
교회 오빠들과 함께 했던 천렵
솥단지 장작 메고
작은 물고기 잡아 고추장 파 넣고
숭덩숭덩 수제비 맛은 최고
우리 동네 유일한 이층집
언니네집
바나나도 파인애플도 콜라도
모두가 처음
미사리는 변했어도
그 시절은 그대로

호접란

누구에게 버려진 걸까
시들시들 볼품이 없네

냉큼 집어 들었다
우리집에 가자

넓적한 잎사귀 두 잎
바짝바짝 목이 타지?
물 실컷 먹어라

햇볕 잘 드는 창가에 놓았다
사랑 주었더니 꽃대가 쑤욱
옆으로 길게 나와 꽃망울이 맺혔다

보라색 꽃망울 톡톡
설날 가족들이 모이는 날을
너도 아는 게지

예쁘게 향기 내는
삶을 살라고 웃어주는구나
행복한 만남이구나

두 사랑

나무는 연두 꿈망울을 틔운다
개구리는 폴짝 연두 기지개 켠다
봄은 누가 더 연두인가 내기를 한다
앞에도 연두 뒤에도 연두
온통 연두 물결이구나

꽃도 예쁘지만
이 봄날 여리디 연한
연두,
너의 꿈틀거림이 예쁘다

큰 마을 이뤘네요

총강총강 룰루랄라 아침이슬에 젖어
영롱한 복하천 갈대밭에 나왔네요
시원한 바람에 몸을 맡긴 갈대들이 바람 따라
흔들리며 이슬을 털어내고 있어요
은발의 머리 풀어 헤치고 경쾌한 음악에
몸을 부대며 왈츠춤을 추고 있네요
참새 가족 다섯 식구
초대 받았나 봐요
째재잭잭
무어 그리 재미있을까요
쿵작작 쿵작작
시원한 바람에 몸을 맡기며
지나가던 객도 녹아 드네요

뭉게구름처럼 몽실몽실
모여 있는 갈대숲
큰 마을 이루었어요

햇살에 걸린 빨래들

한낮 기온 33도
파란 하늘 흰구름 도화지에
물감 풀었다 하늘이 예술이다

마당 한가운데 빨래를 넌다
탁! 탁! 탁! 사분의 삼 왈츠 박자에 맞추어 볼까
흰색 분홍색 색색들이 수건부터 등장한다
올여름 새로 꺼낸 새하얀 런닝셔츠도 입장한다
땀내 나는 주황색 면티도 함께
나란히 나란히
뜨거운 뙤약볕에 벌을 선다

햇살에 걸린 빨래들
앗 뜨거 앗 뜨거워!
애들아 오늘 날씨도 더운데
주인 아줌마 우리들에게
벌을 세우는 거지?
안 그래도 더운데 뜨거운 물에 팔팔 삶더니
할 수 없지 뭐
때를 스스로 털어내지 못한 우리 잘못이지
우리가 불평한다고
바로 내려 주지도 않을 거 같고
그렇다고 때가 털어지는 것도 아니고
어쩔 수 있나
우리 일광욕이나 즐기자

말끔히 때를 털어내고
바짝 마른 빨래 들여왔다
빨래를 개시는 울 엄니
어쩜 풀을 먹인 것처럼
"빳빳하니 참 좋구나."

빨래 끝 한낮 기온 33도
니네 때 타면
다음에 또 벌 선다

초승달

가을이 벌써 왔나 보다
메뚜기가 초승달을 이고 와
벚나무 위에 살포시
얹어 놓았다

매미가 햇살을 매고 와
대추나무 아래 사뿐히
부어놓았다

여치가 별을 따서
블루베리나무 아래
쏟아놓는다

귀뚜라미 악기를 안고 와서
감나무 아래서 연주한다

오늘은 초승달도
소나무 가득
가을을 보듬고 왔다

흰꽃 나도샤프란의 나들이

소나기 한차례 다녀가자
여주인 장화 신고 앞마당으로 나선다

주인님!!
저 좀 봐 주세요

지난 봄 분양 온 흰꽃 나도샤프란이
뽐내며 환하게 웃고 있다

그래! 고맙구나
너를 얼마나 기다렸는데
기다림은 나를
행복하게 하네

추억의 겨울밤

양팔 가득 깻단을 아궁이
앞에 내려놓는다
타닥타닥 장작과 어우러져
겨울을 수놓는 소리 여운이 있다
뜨끈뜨끈 방바닥이 까맣게 익었다
엉덩이도 같이 익을까 봐
이불 하나 펴놓고
그 속에 발을 묻고
막 꺼내온 군고구마 하나
입술이 새까맣도록
바람소리 윙
요란하게 문풍지를
울린다

소울뮤직, 서당개 30년

열린 창문 사이로
여러 새들이 모여 합창을 한다
새들의 합창 시간인가 보다
박자 무시
악보 무시
음정 무시
전주도 간주도 제멋대로 들어오네
지휘자가 힘들겠다

한참을 연습해도 잘 맞지 않는지
파트별로 연습을 한다
이 나무 저 나무 옮겨 다니느라
숨이 차서 그럴까
잠시 쉬는 시간인지 조용하다
내일아침 연습 때는
지휘자가 환하게 웃을 합창이
되어 있을까?

솔향기 마을
새들의 멋진 합창을
내일 아침 기대해본다
나도 이제 소울뮤직
서당개 30년이 되어 간다

색소폰 앙상블

각각의 소리가 모여모여
아름다운 하모니 앙상블이 만들어 진다
소프라노 알토 테너 베이스 높은 소리
강렬하게 거친 소리 묵직한 소리
내가 주인공할 때는 자신있게 까불까불
네가 주인공일 때는
조용조용 낮아지고
아름다운 색소폰 앙상블

강원도 정선화암동굴축제
정선 아리랑 프라우드 메리
충북 제천바이어축제
댄싱 퀸 맘마미아
청양 고추축제
경기병 서곡으로 대상
앨프대회 아름다운 강산
양평 토요일은 밤이 좋아
이천 아트홀 대공연장
보랏빛 향기 앨빔보
더 팬덤 오브 더 오페라

나팔 불며 전국투어
어디든 부르면 달려 갑니다

2022년, 봄은 오고 있는 걸까

오늘은 입춘이다
집 앞 저수지 얼음장에
매서운 바람이 불어온다
추위에도 아랑곳하지 않고
강태공들 얼음판위에 구멍을 뚫고 하나둘 앉는다
팬데믹 삼 년차
야산과 들 어디서도
봄은 느껴지지 않는다
봄이 오기에는 왠지 이른 듯하다

코로나야 물렀거라
나도 한번뿐인
환갑여행
가고프다

숙제

함께 믿음 생활하시던 분이 책을 한 권 내셨다
다시 태어나도 제 부모님이 돼 주실 수 있나요?

책 한 권 한 자리에서 읽었네요
아버지에게 7년 동안 세 가지 암이 놀러왔대요
전립선암 위암 방광암
처음 전립선암을 선고 받고
사남매의 장남 서울서 대구까지 월2회 병간호를 다녔대요
아버지 말벗 되어드리기
옛날 이야기 들어드리기
목욕 좋아 하시는 아버지
목욕 여행가기
항암 치료하시느라 많이 야위신
아버지 등 밀어드리면서 60을 맞은 아들
속으로 눈물을 삼키고
아들아!
네, 그렁지만 보아도 좋다
나 이만 하면 잘 살았제?

그의 어머니!
40여년을 공동체를 운영하시며 관절이 좋지 못하시다
어려운 이들에게 뭐든 나눠 주기를 좋아 하는 어머니
여름 휴가 일주일 오롯이 부모 위해 썼다는 아들

홀로 되신 장모님을 모시고 16년을 사신 분
마지막 4년을 예쁜 치매로 사시다
천국여행을 보내드렸대요

세 부모님을 위해 애를 쓰신 분
아버지와 장모님을 천국 여행 보내 드리고
남아계신 어머니에게 효도를 하시는 분

이 책을 읽고 나에게 내가 숙제를 냈다
지금보다 더 자주 찾아가기
전화도 더 자주 하기
목욕 여행 같이 가기
부모님 이야기 많이 듣기
한밤씩 자고 오기
옛날 앨범 꺼내서 추억을 말하기
늦은 게 아니라 지금도 늦지 않다
나에게 내는 숙제다

늦여름 수확 복숭아

이사 오면서 심은 복숭아나무 삼 년 차
작년에는 달랑 두 개의 수확을 주더니
올해는 몇 개를 주려나

분홍색 꽃이 마당 한 가득 활짝 피었었지
화사하고 단아한 꽃으로 찾아왔어
그 예쁜 꽃 떨어지자 작은 열매가 주렁주렁 열렸네
옆집에서 일러주는데
크고 맛있게 먹으려면
열매끼리 붙어있지 않게 따서 버리란다

왜요?
이 열매 지금 따지 않으면 열매가 작아서 맛이 없어
어떡하지? 아까운데
바들바들 떨리는 손으로
그래! 과일은 커야 맛이 좋지 아까워도 그렇게 하자

어느새 자라 아가 주먹이 되었지
아가야 내가 노란색 옷 입혀줄게
한 알 한 알 정성스레 입혔지

얘들아! 우리식구 일곱 명
친정엄마까지 여덟 명인 거 알지?
한 사람에게 세 개씩만 안겨 주라

그 뜨거움 잘 견뎌내고
장하다 하나 둘 셋
스물여섯
어쩜 너희들은 그렇게 셈을 잘하니?

딱 세 개씩 덤으로 두 개는
까치밥으로 남겨둘까?
늦여름 우리 가족에게 선물을 주니 고맙다
늦여름 따가운 햇볕조차 달콤하다

뚝방산책

새벽 기온이 아직은 차다
옆지기와 나란히 발을 맞춘다
나무 위에서 전봇대 위에서
물위에서 포르륵
환영한다며
우리 부부 반겨준다

마른 가지에도 봄이 꿈틀댄다
버드나무에도 새 움이 나오고 민들레도 기지개 켠다
토끼풀도 고개 쳐들고
소리쟁이도 하늘 보고 춤춘다

추워도 나오길 잘했다
함께 나오길 참 잘했다
뚝방도 마중하는 이에게 봄이다

민들레 가족

옹기종기 행복하게 모여 사는 민들레 가족이 속삭인다.
"우리집에 놀다 가세요"
머리 하얀 할아버지 구부정한 할머니 성실하신 부모님 삼촌 고모 귀여운 자녀들이 아롱다롱 한 집에 살고 있다. 노란 마을 하얀 마을 대가족을 이루었으니 부럽다.

민들레야, 우리 가족 소개할게. 울 부모님은 평안북도 선천 용천 분들이셔. 전쟁 때문에 고향을 떠나 이남에 둥지를 트셨어. 나와 여동생 달랑 둘 가족을 이루었지. 나도 할아버지 할머니가 계시면 얼마나 좋을까 명절 때마다 생각했어.
내가 자라 결혼을 했어. 딸 셋을 낳았어. 딸 셋을 낳으면 비행기 세 번 탄다며 백 점이라고 하더라구. 백 점이 뭐야. 천 점 만 점은 될 거 같아. 남의 집에서 잘 자란 아들들이 우리 가족이 되더라구. 복덩이도 복댕이도 왔고 복둥이도 올 예정이야.

맑은 날 아침 농로 산책하길 정말 잘했다.
민들레야,
따뜻한 햇살 아래 초대해 줘서 고마워.

찰떡 부부

차곡차곡 정리된 서랍
티셔츠 바지 꺼내고 나면
열려 있는 서랍

동글동글 잘 말려진 서랍
양말 하나 꺼내 신고
반쯤 열린 서랍

청소기 윙
돌리고 나면
그 자리 말뚝

농기구 쓰고 나도
그것이 정거장

당신
뒤따라다니며
수고하는 내가 없으면
안 되겠지?

나팔꽃 세 자매 피어오를 때

신협에서 나눠준 나팔꽃 씨앗
흙 덮어 토닥토닥 쏘옥 얼굴 내밀더니
초록초록 넓은 잎 덩굴손을 펴고
빨간 줄 타고 휘이익 2층까지 곡예한다
우리집 나팔꽃 외줄타기 선수다

아침마다 환하게 반겨주고
햇살과 함께 미소 지으며
피아노곡 클래식도 들려주고
모든 것이 은혜 찬양도 들려주며
좋은 하루 보내라 인사하네

그래그래
활짝 웃는 세 송이 보며
나도 세 자매 생각해 본다
염려도 근심도 없이
행복하게 웃는 나팔꽃
세 자매 모닝 글로리

세월이 흘러도

온몸을 흔들며 행복에 취해 있는
코스모스가 하늘거리며 부탁한다
욕심을 내려 놓으라고
산수국 옅은 보라꽃 나폴나폴 부탁한다
너의 염려 미리 하지 말라고
색색의 백일홍 고고장에 왔다
지금 가진 것으로 충분히 행복을 누리라고
길게 열매를 맺은 노란 수세미꽃이 귀띔한다
니가 먼저 손 내밀어 봐
이슬보다 먼저 찾아온 나팔꽃이 속삭인다
사소한 일 부풀리지 말고
남의 말 가능하면 하지 말고
주어진 오늘 하루 행복을 찾으라고
아직 오지 않은 미래만 생각하느라
오늘의 행복을 놓치고 있지 않니?

세월이 흘러도
실천하지 못하는 것들
이제는 내려놓고
행복하지 않을래?
바로 이 자리에서

5부

주님 주신 가정
작은 천국일세

교회 가는 길

봄이 왔네요
연초록 옷으로 갈아입고
인사하는 아침
하얗게 팝콘 튀겨 놓고
복숭아꽃 분홍 옷
나폴나폴 봄옷으로
교회 가는 길
신이 나네요

여름이 왔어요
아카시아 향 은은히
호강을 해요
은사시나무 하얀 속살
내놓고 금계국 마가렛
바람 타고 흔들흔들
교회 가는 길
응원을 해요

가을이에요
은행잎 노랗게 노랗게
가을 옷 갈아 입어요
갈참나무 도토리 나무
사뿐사뿐
교회 갈는 길
행복해요

겨울인걸요
한껏 뽐내던 멋쟁이 잎새들
몽땅 바닥으로 내려왔어요
가지가지마다
눈꽃이 활짝
교회 가는 길
감사하네요

내가 사는 곳

솔향기 마을에 중년을 풀었네
행복하다 자꾸 말하면
행복하다기에
라랄라

작은 텃밭 매일 바라보며
사랑한다 예쁘구나
틈틈이 노래하니
꽃들도 신이 나서
함박웃음 뿜뿜

나는 행복한 사람
내가 나를 사랑하니
웃음이 솔솔
아름다운 가정 있으니
다섯 식구 세 아들 일곱이 되었네
주님 주신 가정
작은 천국일세

예수 닮기 원합니다

주님!
나의 생각이 주님 닮기
원합니다
나의 행동이 주님 닮기
원합니다
내 입술로 찬양하기 원합니다
두 손 들어 경배하기 원합니다

주여!
어려운 이웃 돌아보기 원합니다
나누는 손 되길 원합니다
겸손을 닮기 원합니다
온 맘 다해
주님 닮기 원합니다

극동방송 선교사

서울 전화 320-0456
방송 선교사가 되는 번호
방송 선교사로 복음의 통로가 되어 주세요
울엄마 12년째 선교사랍니다
매일 극동방송 틀어 놓고 찬송 기도 말씀 듣지요

나도 엄마 따라 선교사가 되었습니다
우리 가족 다섯 명
보너스 가족 세 명
나라도 살리고
교회도 살리고
선교사도 살리고
우리의 자녀들을 살리고

생명의 방송 극동방송
나와 우리 가족 모두는
극동방송 선교사랍니다

제자훈련

훈련생들과 자기소개하기
서로의 이야기를 듣고
그들과 삶을 나누며 공감하고 한 주간의 삶을 나눈다
설교요약 큐티 성경읽기 암송 생활숙제 예배출석
정해진 시간 기도
한 주간 머리에 이고 산다
꼼꼼하게 첨삭해 주는 신목사님
일년 주일회 목요일 두 시간 적지 않은 시간
예수님의 제자로 살아가기를 다짐하며 흉내내 본다
제자 훈련 후
큐티를 하며 경건의 시간을 갖는다
천천히 정독하고 묵상하고 내용 관찰하고
난 오늘도 주님 따라가기
흉내 내려 애쓰는 중이다

명절 풍경

1.
자녀 둘이 있지만
아들은 미국에 딸은 호주에 살고 있어서
이런 명절은 더 외롭다고 하신다

그저 자식은 많이 공부시키지 말아야 해
잘 나면 나라의 아들
돈 많으면 처갓집 아들
빚 많으면 내 아들이라지

호주 딸네 가는 길 13시간
미국 아들네 가는 길 13시간
비행기 타고 가는 것이 싫어서
자녀들에게 가는 것도 힘이 드신단다

또 한 부부가 있다
30년 외국에서 사업을 하다 퇴직하고
한국에서 노년을 시작하신 부부
두 자녀 외국에 있고
그 외로움을 하모니카로 달래시는 분

2.
내가 사랑하는 또 한 분은
암을 멋지게 이기시고
다시 오뚝 서셨다

시니어 합창단으로 복귀하셔서
당신이 그 자리에 서 계시니 얼마나
멋지고 감사한지요
찬양의 은혜는 배가 된답니다

또 한 분은
남편을 호국원에 모시고
그 남편 곁을 지키고자
이천에 정착하신 분

천사처럼 항상 웃음으로 반기시는 분
항상 곁에 계시기에
시니어 합창단이
멋지답니다

3.
이른 오후 마당에 무쇠솥 하나 걸어
닭 세 마리 넣어 건져 먹고
찹쌀 넣어 죽을 쑤었다

시원한 바람이 부는 데크에 옹기종기 앉아
하모니카 반주에 맞춰
희미하게 기억나는 가사를 읊조리며
목청껏 노래를 불렀다

헤어지는 시간
아쉬움을 뒤로 하며
이렇게 좋아해 주서서
우리 부부가 더 행복했었다

만 가지 은혜에 감사

감사는 망원경이다
작은 것도 보이게 한다
보이지 않는 것도 보이게 한다
상황을 뛰어넘는
감사를 하자

감사는 가시로도 찾아온다
내 영혼을 성숙하게 하는
상황 저 너머의 은혜로 찾아온다

감사하자
감사하자
오늘도 감사하자

감사일기 노트

감사일기 6년 동안
공책 13권을 가득 채웠다
하루를 돌아보며
다섯 가지 찾아 쓰는 거다
매일매일 감사가 넘친다

이 노트 안에는 모든 것이 들어있다
큰아이 결혼 과정도
남편의 회갑 여행 동유럽 여행기도
둘째딸 이응광샘 덕분에 KBS출연도
예술의 전당 출연도
고교 교사로 행복한 모습도

시인의 시를 작곡해
아트홀 대공연장의 무대도
듬직한 세 사위들 얻는 기쁨도
초보 시인 발표회도
막둥이 연애하며 재잘거림도
사돈과의 여행도
앞마당에서의 가족음악회도
코로나로 예배가 멈추었을 때도
딸들 사위들 코로나로 힘들어할 때도
생각해 보니 매일 감사가
넘치는 것이 감사할 일이다

임명장은 없다만
나는
감사일기 홍보 대사다

성탄절 새벽송

두 사람 이상 모이면 군소리가 나기 마련
새벽송 돌던 두 팀이 생각난다

말도 작게 웃는 것도 작게
떠들기만 조용히 하라고 하니
모두 안 가려고 하는 팀
아주 크게만 떠들지 않으면
웬만한 수다는 다 봐주니
모두가 따라가려 하는 팀

날씨가 많이 추워야 좋은 것도 있다
강 건너 집을 갈 때
미사리 한강 꽁꽁 얼으면
바로 건너가지만
약간 덜 추우면
먼 길을 돌아가야 하는 길

군소리도 사랑이 있으니 생기는 소리
마지막 코스 강 건너 장로님 댁에 가면
새벽에 떡만두국을 끓여주셨지
세상에서 제일 맛났던
그 떡국맛이
지금도 삶을 즐겁게 한다

주님과 함께 동행하는 동주회 모임

오래 전에 강원도에 일박이일로 동주회 모임을 떠났다. 두런두런 모여 기타치고 찬양하던 것이 늘 그리워 마련한 모임, 금요일 오후 퇴근하고 개군에 있는 소노문에 집결했다. 성탄트리 데코 거리를 가방 가득 챙겨 온 이가 있어 깜빡이등 달고 촛불 켜고 바닥에는 빨강과 초록으로 까니 근사한 분위기가 만들어졌다. 모두 수학여행을 온 것처럼 마냥 행복해 보였다. 음식은 각자 준비해온 것으로 한상 가득 채웠다. 남자들이 설거지하고, 여자들은 수다를 떨고, 즐거운 부부모임이었다.

둥그렇게 모여 앉아 비쥬카드 놀이를 했다. 서로 가지고 있는 성품의 보석을 찾아 칭찬해 주는 놀이다. 나는 '믿음직하다'는 표가 많았다. '공감을 잘 한다'는 표는 한 표, 나름대로 공감을 잘 한다고 생각했었는데, 이제부터라도 공감을 잘 하기로 다짐해본다.

부부의 장점을 말하는 시간도 가졌다. 나는 남편의 장점으로 '성실', '정직', '한결같음'을 얘기하며 감사했다. 남편은 나의 장점으로 '긍정적이다', '정직하다', '진정성이 있다'라고 했다. 서로에게 장점을 말하는 것을 못해 보았는데 각자에게 좋은 장점이 있는 것을 얘기하며 칭찬을 해주는 소리를 들으니 더욱 감사하다.

그동안 장점을 보지 못하고 단점만 보려 했던 나를 돌아본다. 모처럼의 일박이일 참으로 소중한 시간이었다.

월드비젼

월드비젼에서 후원하는 성장 소식지가 배달되었다.

콩고의 키쿨라 마을의 아동들에게 후원을 한다고 한다. 가장 좋았던 점은 마을에 수술실이 마련되었단다. 출생 중 사망률이 낮아지고 임산부들의 안정성이 보장되었다고 한다. 아이들에게 영양가 있는 음식도 먹이고 손 씻는 습관을 길러 전염병에 걸리는 일도 실제로 줄었다고 한다. 그 결과 급성 영양실조가 아동비율이 7.1%에서 3.7%로 줄었단다.

내가 돕는 아이는
만 14살 남자아이 샹스
좋아하는 과일 오렌지
좋아하는 냄새 향수 냄새
좋아하는 소리 색소폰 소리
샹스가 색소폰 소리를 좋아 한다니
한번 만나보고 싶다.

어설픈 연주이지만 색소폰 소리를 한번 들려주면 좋으련만 콩고의 키쿨라 마을 아이들의 삶이 후원자들로 인해 바뀌고 있단다. 그동안 아동 출생신고의 중요성을 배워서 출생증면서를 발급 받는단다. 이제 이 아이들이 정부에서 복지혜택도 받을 수 있단다

작은 나눔이 누군가에게 큰 기쁨이 되었다니 기쁘다. 올 한 해도 잘 살았구나. 작은사랑 큰 행복.

1959년생 돼지들

정년퇴직을 막 마친 자들
시청에서 군대에서
소방서에서 학교에서
대기업에서

무쇠솥에 닭 삶아 놓고
잘 익은 총각무에
군고구마까지

케이크에 61개 초를 꽂았다
환갑 축하합니다
건강하게 임기 마침을

환갑 여행1

자, 출바알! 얘들아, 우리가 벌써 환갑이구나. 꽃보다 아름다운 환갑 여행 한번 떠나보자. 강원도 평창으로 고고, 두 시간 걸려 평창에 도착 해발 700고지 위 가리왕산 숲속에 내렸다. 천여 평 되는 잘 정돈된 마당 우리를 반갑게 맞이해주는 희언니 마가렛 금계국 노란 달맞이꽃이 산바람 타고 흔들흔들 그네를 탄다. 비타민나무 앵두나무 보리수 새까맣게 달린 흑자두 앵두 맞은 엄지척 노래방도 있다. 끼가 넘치는 친구 익살스런 노래와 엉덩이 춤 우리들 박장대소 배꼽이 즐겁단다. 고등 일학년 송반으로 만나 44년지기 오성모임 옛 선생님 얘기로 아들 딸 사위 며느리 그리고 손자 얘기로 부모님 얘기로 우리들의 이야기는 끝이 없어라.

아침 일찍 가리왕산에 올랐다. 산 아래 운무가 멋지다. 정상에서 먹는 차 한잔 돌 몇 개로 테이블도 만들고 보라색 꿀꽃으로 반지도 팔지도 만들어 끼었다. 오솔길 걸으며 지천으로 핀 싸리꽃을 보며 아버지가 만들어 주신 빗자루 생각으로 추억을 소환해 본다.

바다에 나왔다. 맨발로 천천히 모래를 밟으며 바닷물에 발을 담근다. 폴짝폴짝 오랜만에 누려보는 느림의 미학 오성이여 우리들의 우정 영원하자. 이박삼일 즐거웠어.

환갑여행2

우리는 62년 범띠 호랑이들 청바지에 맞춤티 입고 제천으로 환갑여행 출발합니다. 아침 일찍부터 수학여행 갈 때처럼 마음이 들떴다. 얘들아, 오늘 준비물은 여유 느림 사랑 즐길 수 있는 마음이야. 차 두 대에 다섯 명씩 타고 청풍호에 도착. 가물어서 물이 별로 없다. 삼삼오오 수다 삼매경 시간.

"꽃보다 아름다운 만 나이 60."

누구 웃음이 제일 예쁠까. 크게 웃어보자. 포토존에서 찰칵 '숲내음 치유의 숲길'

마음이 힘든 친구 이 숲에서 다 덜어내기. 천천히 느리게 하늘 한번 쳐다보자. 빼곡한 나무 위에 행복한 새들 우리를 응원한다.

팬션에서 맛난 저녁 먹고 우리들 열 명 방 둘러 앉았다. 신앙인으로서 찬양도 하고 간증도 하고 기타치고 하모니카 불고 서로의 마음을 나누는 좋은 시간을 보냈다.

우리는 은광교회의 귀한 일꾼들이야. 예쁘게 해 준다며 마사지도 하고 팩도 붙이고 의림지에 들렀다. 호수 위에 동동 오리배가 떠있다. 셀카봉 들고 하나 둘 셋 우리들의 아름다운 환갑여행 우리들의 이야기는 끝이 없구나. 우리는 은광교회의 자랑스런 일꾼이다.

한우물 38년

피아노 조율사인 남편과
결혼
한눈 한번도 팔지 않고
한 길만 걸어온 길

다단계 해보라는 유혹에도
한 귀로 듣고 한 귀로 흘리고
오직 한 길만 걸어온 길

10평짜리 작은 가게
자본 없어 결혼 예물 팔고
애들 금반지도 팔았지

다섯 살 세 살 아기 데리고 출근
내 하루는 하루 종일 종종걸음
삐삐가 바쁘던 그 시절

호마이카 터진 검정 피아노
사포 천방 갈고 밀고
인대 늘어나 한약방 다녔지

IMF 코로나 큰 파도
잘도 견디고 악기점 38년
한 우물만 파길 참 잘했지

할슈타트 여행

알프스산맥의 여유로운 마을
세계 최초 소금광산으로 지정된
풍요롭고 아름다운 시골
산과 호수로 둘러싸인
카메라가 쉴 틈을 주지 않는 마을

구름에 비친 호수가 신비로운 마을
호수 위에 백로가 여유 부리는
사방이 신으로 둘러싸인 마을

기차역이 작고 평화로운
반나절로 충분히 행복한 마을
지친 일상을 단번에 정화시키는
이게 행복이구나

평생 일벌레인 줄 알았던 남편
호수 백조에 폭 빠진 모습을 보고
어, 저 남자도 저럴 줄 아네
알게 해준 마을

생명의 말씀

하나님은 no1이 아니시고 only1이시다
오감극담으로 무소의 뿔처럼 가라
그러므로(路) 걷는 사람들
그 사랑 백 년은 너무 짧아요
R1624
서러워 말라 봄날은 온다
제3의 법칙도 있다
너도 바람 꽃으로
겟세마네를 넘어 믿음의 지평으로
천상에 참여하다
망할 수 없는 인생을 위하여
엑스트라 마일을 꼭 사용하십시요
강풍을 견디는 나무처럼
진리는 사되 팔지는 마라
ALL FAMILY DAY
우분투
럭셔리(LUXURY) 명품을 가졌습니까?
성도의 시그니쳐
성령과 함께 믿음의 모험을 즐겨라
브솔 플랫폼으로 오라
인생은 흘러가는 것이 아니라 비움과 채움의 연속이다
죽음의 증상 무기력을 깨다
꿈처럼 바람처럼
닻 없는 인생 덫 없는 인생

향나무는 자기를 찍은 도끼에게 향을 묻힌다
사랑한다면 접촉하라
사랑 한 번도 상처 받지 않은 것처럼
압도적으로 승리가 필요하다
목자(牧者)로 충분합니다
행여 자갈길을 걷고 있는 당신에게
감사는 어떤 불행도 이길 수 있습니다
감사위에 감사 그리 아니하실지라도
역주행 감사
주님을 볼 때 하늘의 꿈 꾸네
순종이 답이다

고마운 당신께

알콩달콩 34주년
다른 날과 별반 다르지 않은
오늘
사랑한다는 말
서로 표현하기 쉽지 않네

사랑해요
고마워요
미안해요

글로는 이렇게 잘 써지는데
입 밖으로는 참으로 어렵네

인생 후반전
그동안 고생한 당신
하고픈 거 하고 살라네
앞으로 즐겁게 웃는 날만 있을 거라며
건강 잘 챙기라 하네
오랜만에 받아본 자필편지

당신께 고맙다는 인사
제대로 못했는데
울엄마 챙겨줘서 고마워요
정말 고마워요
매일 마음으로 고마워요

스토리텔링으로 행복한
소통과 힐링의 시를 펼쳐주는 시인

이인환(시인)

1. 소울뮤직, 소울포엠, 그리고 순수의 시인

앞마당의 백일홍도 코스모스도 채송화도 올렸다
내 아부지를
내 자녀를 동생과 남편을 시 안에 담았다
울 엄니 얘기를 몽창 담았다

우리집에 꽃이 활짝 피었다
 - '서시' 전문

시에는 사람의 향내가 나고, 사람에게는 시의 향내가 난다.
'소통과 힐링의 시' 시리즈를 이어가면서 시인을 만나고 시를
접할 때마다 늘 경험했던 일들이다.

김신덕 시인의 시를 소개하면서 또 그 경험을 하게 된다.
시인은 소통과 힐링의 도구인 시를 활용해 가족의 일상을 노
래하며 행복을 추구하는 모습을 그대로 보여주고 있다. 시적
기교를 따지기 전에 먼저 진술한 삶의 표현으로 순수의 세계
를 펼쳐주는 시인을 만날 수 있다.

열린 창문 사이로
여러 새들이 모여 합창을 한다
새들의 합창 시간인가 보다
박자 무시
악보 무시
음정 무시
전주도 간주도 제멋대로 들어오네
지휘자가 힘들겠다
 - '소울뮤직, 서당개 30년'에서

시인은 남편과 함께 '소울뮤직'이라는 악기점을 운영하고
있다. 그래서인지 시인의 시에는 '소통과 힐링'으로 영혼을
정화하는 자연 그대로의, 즉 날것 그대로의, 소울포엠의 세
계가 담겨 있다. 스토리텔링으로 한편의 시극처럼 펼쳐지는
시인의 시를 읽다 보면 행복한 가정의 소소한 일상에 빠져들
게 한다.

봄이 오면 밭에 나가 냉이 캐고 싶다
추운 겨울 이기고 나온 건강한 냉이
얼굴 탈라 스카프로 햇빛을 가리고
봄처녀 노래 룰랄라
카카오에게 봄노래 부탁해야지

카카오야,
요한슈트라우스의 봄의 왈츠 틀어줘
쿵작작 쿵작작
카카오야, 비발디의 사계 중 봄노래 틀어줘

예쁜 내 목소리 듣고 얼마나
멋지고 경쾌한 음악을 들려주는지
 - '봄을 기다리는 마음'에서

우리가 자연이 들려주는 음악에 빠져드는 이유는 있는 그
대로의 날것으로 다가오기 때문이다. 그만큼 지휘자는 힘이
들겠지만 어디 영혼을 울리는 음악을 지휘한다는 것이 쉬운
일이겠는가? 한 편의 시를 완성하기 위해 지휘자로서 그만큼
공을 들인 시인의 노고가 배어 있음을 느낄 수 있다. '봄을 기
다리는 마음'에 담겨 있는 시인의 맑고 아름다운 세계가 오
롯이 전해진다.

솔향기 마을에 중년을 풀었네
행복하다 자꾸 말하면
행복하다기에
라랄라

작은 텃밭 매일 바라보며
사랑한다 예쁘구나
틈틈이 노래하니
꽃들도 신이 나서
함박웃음 뿜뿜
 - '내가 사는 곳'에서

시는 시를 읽는 기쁨을 주는 '쾌락적 기능'과 세상을 살아가
는 지혜를 주는 '교훈적 기능'이 있다. 쾌락적 기능을 앞세우
면 가벼운 시가 되고, 교훈적 기능을 앞세우면 너무 무거운

시가 되어 독자들에게 외면을 받게 된다. 시인이 가장 고민하는 것이 바로 이 부분이다. 어떻게 하면 시를 읽는 즐거움과 삶의 지혜를 조화롭게 담아 조금이라도 더 많은 독자들과 함께 하는 시세계를 펼칠 것인가? 날것 그대로의 시어를 통해 두 가지 기능이 잘 담겨 있는 '내가 사는 곳'에는 소울뮤직으로 물든 시인의 시세계를 오롯이 느낄 수 있다.

자글자글 끓던 열기가
처서가 오니 놀라 도망을 갔다

앞마당에 무씨를 뿌리고
돌산갓씨를 뿌렸다

그 뜨거운 작렬함이
없었다면 어땠을까?

빨갛게 익어가는
고추는 볼 수 없었겠지?

마당가 고추잠자리
나래질 볼 수 없었겠지?
 - '8월의 끝자락' 전문

'8월의 끝자락'은 어떠한가? 열대야로 푹푹 쪘던 여름날의 땡볕 불볕을 '자글자글 끓던 열기'로 표현하며, 고생 끝에 소소한 결실에 만족을 느끼며 행복을 추구하는 교훈적 기능을 담아내는 시적 기교는 절로 맑은 미소를 짓게 한다. 시인을 아는 사람이라면 시인의 말과 행동과 표정을 함께 떠올리며 그 순수함에 더욱 빠져들게 한다. 언제나 순수함을 잊지 않으려고 노력하는 시인의 삶이 더욱 빛을 발하고 있다.

가을이 내게로 온다
소녀가 내게로 오고 있다

봇둑 길에 우리가 심은 코스모스
학교 가는 길가에 양쪽 정열하고
우리를 응원한다
재잘재잘 우리에게
이 가을 정말 잘 놀라고

소녀가 한발한발 내게로 온다
맑고 고운 그 시절이 내게로 온다
  - '코스모스 피어 있는 길' 전문

'코스모스 피어 있는 길'에 담긴 소녀의 감성은 시인을 소울 뮤직, 소울포엠, 그리고 순수의 시인으로 부르는데 부족함이 없게 한다.

2. 대를 잇는 행복한 가족의 일상을 펼쳐주는 시인

언제부터인가 시를 쓰는 것이 자기 과시, 또는 자본주의 사회의 생계 수단이 되었는지 모르지만, 애초의 시는 더할 나위 없는 소통과 힐링의 도구였다. 말로 표현하기 힘든 것을 글로 표현하고, 직설적으로 표현하기 힘든 것을 돌려서 표현하고, 감성으로 접근해서 이성으로 소통하고 힐링하는 최상의 도구였다. 가장 가까운 가족을 일차 독자로 상정해서 행복을 추구하는 '소통과 힐링의 시'의 지향점이기도 하다.

부모님 고향은 평안북도
잠시 볼 일이 있어
남쪽으로 내려 오셨다가
올라가시지 못하고
늦은 나이에 남한 땅에서
살림을 시작하셨다

평안도 우리 아버지
백 세가 되셨다
추석을 맞이하니
북에 두고 온 가족들
그리움은
몇 배나 더 하시겠지?

이산가족 신청 오래 전에 되었지만
후유증이 크다고 말리시는
경험자들 충고에
늘 그리움만 품고 계신
아버지
어머니
- '부모님의 고향' 전문

시인이 추구하는 시세계는 분명하다. 가족의 일상을 노래하며 사랑과 행복을 추구하는 세계, 100세를 넘게 사시다 가신 아버지를 생각하는 마음, 100세를 바라보는 어머니의 삶을 담으며 행복을 추구하는 시세계를 담백한 수채화처럼 펼쳐주고 있다.

참외는 순을 다섯 마디 남기고 따주어야 하고
수박은 서너 마디 남기고 따 주어야
옆에서 계속 잘 달리는 거다
토마토는 곁순을 계속 잘라 주어야 한다

엄마가 순을 잘라 주서야 해요
그래야 실컷 먹죠
난 입으로는 말해도 이제는
그거 잘라 줄 힘이 없다

욕심을 내려놓고 따주고 따주시다
힘까지 내려놓으신 어머니
그 삶의 지혜를 조곤조곤 물려주신다
　- '텃밭에 꽃이 활짝 피었어요'에서

엄마! 비 오려고 해요
꽃에 봉지 씌워야지요
루드베키아 노랗게 활짝
크록스 분홍색 활짝
페튜니아 길게 늘어서 있다

나도 봉지 들고 마당으로 나선다
나도 옛날에 비 오기 전
봉지 씌웠는데
너도 나처럼 하는구나
그 엄마의 그 딸 맞네
　- '오늘처럼 비가 내리면'에서

　어머니로부터 받은 삶의 지혜는 자식에게 그대로 이어진다. 일방적인 훈육보다는 일상에서의 솔선수범과 있는 그대로 지켜줌으로써 자식이 스스로 자신의 삶을 개척해 나갈 수 있도록 이끌어주는 참 어머니의 자화상이 오롯이 담겨 있다.

좋아하는 걸 지켜봤더니
제 길 잘 찾아가더라

한 번 배우더니 재미가 있었는지
집에 오면 백 번은 치던 아이
동네 친구들 모아놓고
척 다리 꼬고 가르치던 아이
피아노만 있으면
행복한 아이
　-'딸아이'에서

　훌륭한 피아니스트로 자란 딸아이를 바라보는 엄마의 모습에는 잔뜩 애정이 묻어난다. 훌륭한 자식한테는 반드시 그만한 어머니가 있음을 잘 보여주고 있다.

엄마!
딸 자랑거리가 뭐가 있을까?
너는 인성이 좋지 않니?
손님들 오면 반갑게 맞이하고
일을 기쁘게 하는 거지

여보!
내 자랑거리 뭐가 있을까?
처음 보는 사람에게도
말을 잘 하니 사교성이
좋아 인상도 좋아

세 딸들아!
엄마의 자랑이 뭐 있을까?
엄마는 소녀 같은 마음이 있어
우리 그이가 엄마는 말이 사근사근 소녀 같대나
맞아 내 친구들도 엄마는 소녀 같대 감성이
맞아 맞아 우리 그이도 엄마는 감수성이 풍부하대
엄마는 긍정의 여왕이야

오늘도 즐거운 가족톡은
웃음이 그칠 날이 없네
  - '즐거운 가족 톡' 전문

가정교육의 모범을 스토리텔링으로 펼쳐주는 시인의 시에 대해 시적 기교를 따지는 것은 결례일 수 있다. 최고의 가정교육은 대화와 소통이다. 한 편의 시를 쓰기 위해 어머니, 남편, 자녀들과 대화를 시도하고 소통하는 시인의 삶이 날것 그대로, 순수하게 담겨 있는 시들은 '소통과 힐링의 시'가 어떻게 가족의 행복을 이끌어주는지 잘 보여주고 있다.

부모님 동생 가족 우리 가족 딸 가족 모두 모였다
작은 집이 시끌시끌하다
세배를 드렸다
울아부지 올해도 잊지 않으시고 봉투 편지를 쓰셨다
사위 문인호 항상 우리에게 사랑주니 고맙다
신덕아 백세된 우리를 항상 달 챙겨주어 마음으로 감사한다
문지예 너를 사랑해 주는 신랑을 만난 것은 하나님의 축복이다
권용욱 지예를 사랑해 주어 고맙다
문지수 희망을 주는 선생님이 되거라
문지윤 너의 씩씩함을 좋게 본다 기대한다
각자에게 짧은 편지를 쓰셨다
　- '엄마의 생신'에서

3. 행복은 작은 것에 있다고 일깨워주는 시인

똑같은 조건에서 식물을 키우는데, 사랑하는 말을 하며 키운 것과 미워하는 말을 하며 키운 식물이 다르게 자란다는 것을 모르는 이는 없다. 그만큼 사랑하는 말의 표현이 중요하다는 것을 보여주는 실험이다. 하지만 정작 일상에서 사랑하는 말을 수시로 표현하면서 그대로 실천하는 이는 드물다. 아무리 좋은 것을 많이 알고 있어도 실천하지 않으면 그것은 의미가 없다. 시인은 그것을 잘 알기에 바로 실천하는 것을

중요하게 여긴다. 일상에서 행복을 추구하는 힘의 비결도 여기에 있는 것이 아닌가 싶다.

　누구에게 버려진 걸까
　시들시들 볼품이 없네

　냉큼 집어 들었다
　우리집에 가자

　넓적한 잎사귀 두 잎
　바짝바짝 목이 타지?
　물 실컷 먹어라

　햇볕 잘 드는 창가에 놓았다
　사랑 주었더니 꽃대가 쑤욱
　옆으로 길게 나와 꽃망울이 맺혔다
　- '호접란'에서

　버려진 '호접란' 하나에도 사랑을 주어 꽃망울을 맺혀놓고 행복을 느끼는 삶, 결코 물질이나 외부적인 조건에 행복이 있다고 찾는다면 얻을 수 없는 기쁨이다. 가족을 사랑하는 마음으로 자연과 일상을 사랑하는 '절대적으로 긍정적인 마음'을 가진 시인의 시가 가슴에 깊이 새겨지는 이유일 것이다.

　가을이 벌써 왔나 보다
　메뚜기가 초승달을 이고 와

벚나무 위에 살포시
얹어 놓았다

매미가 햇살을 매고 와
대추나무 아래 사뿐히
부어놓았다

여치가 별을 따서
블루베리나무 아래
쏟아놓는다

귀뚜라미 악기를 안고 와서
감나무 아래서 연주한다
　- '초승달'에서

　'초승달' 참 아름답게 피었다. 세상을, 자연을 맑고 순수한
영혼으로 바라보지 않으면 얻을 수 없는 시상이다. 행복은
소소한 일상에 있다는 것을 알아도 그것을 노래하며 가슴에
새기는 것은 아무나 할 수 있는 일이 아니다. 이성으로는 알
아도 감성으로 받아들여 실천으로 옮기지 못하면 무슨 소용
이 있겠는가? 일상의 언어를 날것으로 활용해서 행복은 작은
것에 있다고 일깨워주는 시인의 감성에 빠져볼 수 있다는 것
은 정말 큰 행운이다.

4. 진실한 신앙인의 전형을 펼쳐주는 시인

엄마!
엄마랑 같이 사니까
이렇게 주시는 분들이 많네요

너 참 잘 살고 있구나!
니가 그만큼 베푸니까 오는 거다
그래, 그렇게만 살거라
　- '너 참 잘 살고 있구나'에서

　시인은 진실한 크리스찬이다. 백세를 넘게 사신 아버지, 백
세를 바라보시는 어머니의 삶을 채운 것도 돈독한 신앙이었
고, 그러한 부모님의 영향을 받은 시인은 진실한 신앙인의
전형을 펼쳐주고 있다.

먼저 성지순례를 해보고 싶다
성경에서 읽고 들었던 곳
제주도 오름도 가보고 싶고
여수밤바다도 오동도의 빨간 동백도
보고 싶다
　- '나에게 시간이 있다면'에서

내가 돕는 아이는
만 14살 남자아이
샹스
좋아하는 과일 오렌지

좋아하는 냄새 향수 냄새
좋아하는 소리 색소폰 소리
샹스가 색소폰 소리를 좋아한다니
한번 만나보고 싶다.
　- '월드비젼'에서

　세상이 아름다운 것은 일상에서 사랑과 나눔을 실천하며
선한 영향력을 끼치는 이들이 많기 때문이다. 사랑과 나눔은
사람을 사람답게 만드는 가장 아름다운 실천으로 누구나 좋
은 줄 알지만 아무나 실천하기 힘든 일이다. 그 아름다운 일
을 실천하며 '소통과 힐링의 시'로 그 선한 영향력을 더욱 널
리 퍼트리는 시인의 노래가 아름답게 들려온다.

사랑은 자신을 사랑한다고
말할 수 있어야 하는 것
사랑이 시작될 때
나와 함께 하는
상대도 행복한 것

사랑도 있어야 주는 것
사랑은 먼저
나 자신을
사랑하는 것
나를 채워야 하는 것

사랑은 사랑해야 주는 것
나를 위해서 주는 것

그리하여
사랑은 줄 때
가장 행복한 것
  - '사랑은 주는 거래요' 전문

  아울러 '소통과 힐링의 시'로 진술한 사랑의 표현을 실천하
면서 행복한 가정을 이끌어가는 시인의 진술한 노래는 쑥스
럽다는 이유로 사랑표현에 인색한 동시대의 사람들에게 많
은 울림을 주고 있다.

글로는 이렇게 잘 써지는데
입 밖으로는 참으로 어렵네

인생 후반전
그동안 고생한 당신
하고픈 거 하고 살라네
앞으로 즐겁게 웃는 날만 있을 거라며
건강 잘 챙기라 하네
오랜만에 받아본 자필편지

당신께 고맙다는 인사
제대로 못했는데
울엄마 챙겨줘서 고마워요
정말 고마워요
매일 마음으로 고마워요
  - '고마운 당신께'에서

나야, 수고했어

오늘
나에게 칭찬 한번 해보자

울엄마 지예 지수 지윤 세 딸과
권서방 강서방 김서방
당신과 가족을 위해
매일 기도하는 거

환갑여행 대신 아프리카 우물파기
코로나로 고통 받는 이들에게
반찬으로 과일로
시집으로 통닭으로
배달하느라 고생했어

생떼 부리는 손님에게
웃으려고 노력했지
손님은 왕이니까
겉은 웃어도 속은 지옥

앞으로도 계속 잘 하라고
힘내라고 거울 속의
나에게 토닥토닥
수고했어 오늘도

2022년 12월 초입에
김신덕